새끼 잃은
어미고양이

새끼 잃은 어미고양이

최문영 수필집

쏠트라인
SALTLINE

■ 작가의 말

처음으로 작가랍시고 글쟁이로 발을 내딛게 한 작품이 '새끼 잃은 어미 고양이'라는 수필입니다. 다시 읽어보니, 문체가 많이 엉성하고 감정에 사로잡힌 문장도 여럿 있습니다.

시간이 흐르며 제 나름의 다양한 문체를 만들어보려 노력했지만, 문장은 그럭저럭 나아진 것 같은 반면 글의 분위기는 늘 처음으로 돌아가곤 합니다.

타고난 저의 한계이고 그 한계가 제 글의 몸체를 만들고 있었습니다. 이제는 제 틀 안에서 자유로워지기로 했습니다.

지난 6년간 쓴, 작품이랍시고 이름 붙이기도 뭐한 이 글들은 제가 글을 쓰며 매번 고민한 흔적입니다.

묶고 보니 온통 나 잘났다는 아상과, 다른 이들과 나를 분별하는 인상투성이이지만, 그 상(相)들과 싸우기보다는 그냥 물처럼 안고 가는 것도 삶을 사는 한 방법이란 생각을 합니다.

출판사 사장님께서 작가의 말을 써 달라며, 해당 빈칸에 써 놓으신 '내려오듯이'라는 단어가 참으로 인상 깊었습니다.

결국 삶도 글쓰기도 내려오는 과정인 것 같습니다. 온갖 허영을 풍선처럼 쌓아 올린 허공에서 보이지 않는 사다리를 타고 조심조심 내려오는 것이지요.

젊은 시절 나를 포장하기 위해 쌓아 올렸던 지식과 정보가 나를 구하는 데는 그리 도움이 되지 않는다는 생각을 하며, 요즘에는 내 안에 있을 진실한 무엇을 낚기 위한 강태공이 되기로 했습니다.

조금씩 조금씩 앞으로도 사다리를 더 내려갈 예정입니다.

2020년 봄날 최문영

차 례

첫 번째 이야기

새끼 잃은 어미고양이

새끼 잃은
어미고양이

좋은 일과 나쁜 일은 마치 산 정상과 골짜기처럼 늘 함께 하는가 보다. 기쁨 뒤에 동행자처럼 따라올 슬픔이 조금은 감당할만한 것이 되기를 바랄 뿐이다.

내가 사는 아파트 단지 안에는 통닭집이 두 개 있다. 하나는 아파트 입구에, 또 하나는 단지 중앙에 있다. 단지 규모가 워낙 커서인지 두 개 모두 경제 불황이 최고조에 달했을 때도 잘 버텨냈다. 또 다른 공통점이 있다면 두 개 모두 지금은 사라진 어떤 동물 한 마리와 관련된 자그마한 이야기가 있다는 점이다.

몇 달 전까지만 해도 아파트 입구 통닭집 앞에는 강아지 밥그릇 하나와 물그릇이 놓여 있었다. 매일같이 그 가게 앞을 지나다니면서도 내 눈에 아무것도 뜨이지 않던 어느 날, 주인아저씨가 그릇에 담아 내오는 사료를 보면서 그제야 그 밥그릇이 눈에 들어오기 시작했다. 하지만 그 주인공은 좀처럼 만나지 못했다. 이른 오후면 밥이 수북이 담겨 있었고, 한밤중이 되면 밥그릇은 늘 깨끗하게 비워져 있었다.

그 주인공을 보게 된 것은 내가 20년 다니던 회사를 그만둔 후였다. 마트에서 물건을 사들고 집으로 오는 길이었다. 몇몇 사람들이 통닭집 앞에서 카메라로 무언가를 찍기도 했고, 쭈그리고 앉아서 무언가를 쓰다듬는 것 같기도 했다. 그 몇몇 군중 속에 내가 끼고 나서야 사람들이 왜 그러는지 알게 되었다. 바로 밥그릇의 주인공을 보기 위해서였다.

녀석은 아주 예쁜 고양이였다. 조그마하고 둥근 얼굴에 애교 가득한 눈, 흰색 털과 등의 회갈색 털이 마치 솜사탕 같았다. 사람들에게 앙칼지게 굴지도 않았고 적당한 거리에서 도도한 자태를 뽐내었다. 다들 고양이를 한번 쓰다듬고 싶어 했지만, 고양이는 좀처럼 사람들에게 그 기회를 허용하지 않았다. 어쩌다 녀석의 환심을 사기 위해 고기 통조림을 사들고 온 여학생들에게만 자신의 등을 허용했다.

그러다 나에게도 기회가 왔다. 어느 날 녀석이 혼자 밥을 먹고 있을 때 한번 '고양아' 하고 불러 보았다. 특별히 기대하고 부른 것은 아니었다. 그런데 신기하게도 녀석은 밥을 먹다 말고 고개를 내 쪽으로 돌리고는 나를 쳐다보는 것이 아닌가. 또 한 번은 녀석이 없을 것 같은 상황에서 아무 생각 없이 내가 부른 소리에 녀석은 귀여운 목소리로 '야옹' 하며 구석에 숨어 있다가 튀어나온 적도 있었다. 그러고는 얌전히 내 발 옆에 웅크리고 앉는 것이었다. 녀석은 분명 내 목소리를 알아듣고 있었고 그것도 자신을 부르는 소리임을 알고 있었다. 특별히 그 애를 길들인 적도 없는데 말이다. 그 후로 나는 그 앞을 지나칠 때면 마치 참새가 방앗간을 그냥 지나치지 못하듯 늘 '고양아' 하고 불러 보았다. 녀석이 있든 없든 개의치 않았다.

하루는 용기를 내어 주인아저씨께 고양이 이름을 여쭤보았다. 매번

'고양아'라고 부를 수만은 없을 듯해서였다. 그런데 녀석에게는 인간이 작명한 이름이 없었다. 자기들 세계에서는 뭐라고 부르는지 모르지만, 사람들이 흔히 무시하곤 하는 들고양이였다. 닭집이었기 때문인지 녀석은 제 발로 찾아와 주변을 어슬렁거렸고, 닭 부스러기를 주기 시작하면서 매일같이 찾아왔다고 한다. 워낙 귀엽게 생긴 까닭에 길을 가는 사람들이 늘 가게 앞을 웅성거렸고 어쩌면 그 덕택에 통닭 주문이 조금은 더 늘어나길 바라는 마음에 사료를 아예 사다 놓고 밥을 주게 되었는지도 모르겠다. 하여간 분명한 것은 녀석이 아주 예쁘게 생긴 들고양이라는 것이다.

그 후 아파트 단지 중앙에 있는 통닭집 바로 옆에도 고양이 밥그릇이 생겼다. 녀석은 아침저녁이면 아랫집에서 식사를 했고, 점심나절이면 단지 중앙에 있는 윗집에서 밥을 먹기도 하고 뒹굴면서 일광욕을 즐겼다. 가끔은 커다란 덩치에 비쩍 마른 다른 들고양이 한 마리를 데리고 나타나기도 했다. 다른 한 마리는 구석에 숨어 있다가 예쁜 녀석이 먹고 남은 밥을 게걸스럽게 먹어치웠다. 다른 들고양이들이 주린 배를 움켜쥔 채 살아가는 동안 예쁜 녀석은 예쁘게 생긴 것을 무기삼아 늘 배부르게 먹는다는 것을 알 수 있었다.

사람들의 사랑을 받아서인지 녀석은 시간이 갈수록 점점 더 예뻐졌다. 살이 통통하게 오른 녀석의 등을 쓰다듬어 주다가 한 번은 동네 아주머니로부터 녀석이 임신한 것 같다는 말을 듣게 되었다. 그러고 보니 녀석의 배가 좀 부른 것도 같았다. 어쨌든 녀석은 점점 살이 찌면서 더 예뻐졌다.

몇 달 뒤 녀석 주변에는 녀석과 아주 닮은 새끼 고양이 두 마리가 함께했다. 한 마리는 녀석을 닮아 둥근 얼굴이었고, 다른 한 마리는 언젠가 녀석을 따라왔던 비쩍 마른 들고양이처럼 턱이 뾰족했다. 새끼를 낳고 난 후에는 녀석은 주로 윗집에서 생활했다. 도로변과 가깝지 않은데다, 아파트 단지 사이로 난 공원길이 근처에 있어 새끼와 함께 생활하기가 좀 더 편했던 것 같다. 녀석은 새끼들이 앞발로 나무를 긁는 것을 보기도 했고, 함께 공원길 근처에서 뒹굴기도 했다. 사람들이 자신들을 쳐다보든 말든 상관치 않았다. 오히려 그 시선을 즐기는 듯도 했다. 사람들은 대부분 녀석을 꼭 닮은 새끼 고양이들을 흐뭇한 표정으로 바라보곤 했을 것이다. 내 마음이 그랬으니까 말이다.

그로부터 한 달도 채 안 될 무렵 윗집 통닭집 근처에서 고양이가 보이지 않았다. 밥그릇만 덩그러니 있었다. 용기를 내어 예전처럼 '고양아'하고 불러 보았다. 그러기를 여러 날, 공원 숲에 숨어 있던 녀석이 쪼르륵 달려와서는 내 발 아주 가까이에 앉았다. 새끼를 낳은 까닭인지 뼈만 앙상하게 남아 몰골이 예전 같지 않은 녀석을 쓰다듬어 주고 있는데, 통닭집 배달 총각이 나타났다. 왜 고양이가 한동안 보이지 않았는지, 새끼들은 어디 있는지를 묻는 내 말에, 총각은 약간은 덤벙대는 듯하면서도 세련되지 못한 말투로 말을 했다.

"유괴당했어요. 새끼들이 유괴당했어요."

느닷없이 뱉어내는 듯한 말투 때문이기도 했지만 고양이에게 유괴라는 말이 과연 어울리는지를 잠시 생각하다, 다시 내 손에 고스란히 느껴지는 녀석의 뼈를 생각하며 우울한 기분에 빠져들었다. 그러는 사이 총각은 친절하게도 한마디 더 해 주었다.

"요즘 얘가 매일 밤마다 온 사방으로 돌아다녀요. 벌써 일주일 동안 새끼를 찾아다녀요."

그러고 보니 그 전날 밤비가 오는 중에 나는 분명 아파트 내 방에 앉아 애기 울음소리 같은 고양이 소리를 들었다. 다만 예전에 얼핏 들은 것이 있어, 그저 고양이들이 교미하는 소리인가 했다. 그런데 알고 보니 새끼 잃은 어미가 자식 찾는 소리였다. 그러니 내 생각이 얼마나 천박한가.

누군가 새끼 고양이가 귀여워 훔쳐간 게 틀림없었다. 예쁘게 생긴 덕분에 사람들로부터 사랑받았고 덕분에 동료들이 배를 곯는 동안 자신은 쉽게 먹이를 얻었지만, 그 대가로 자식을 송두리째 잃었다. 게다가 새끼를 낳으면서 살이 심하게 빠져 이제는 뼈밖에 남지 않은데다 예전 영광은 얼굴에만 흔적으로 남아 있었다. 그 후 녀석은 혼자 외롭게 지냈다. 예전처럼 사람들 가까이에서 애교도 떨지 않았다. 그러기를 한 달여, 녀석은 더 이상 보이지 않았다. 두 통닭집 주변에 있던 고양이 밥그릇마저도 언제부턴가 치워졌다. 녀석이 어디로 갔는지는 아무도 모른다.

그러고 보면 그 옛날, 인간이 죄를 짓고 에덴에서 쫓겨나기 직전 숙명과 같은 처벌의 말로 들었다고 하는 '얼굴에 땀을 흘려야 양식을 얻을 수 있으리라.'는 것은 분명 복선을 지녔음에 틀림없다. 그 말 때문인지는 몰라도 인간은 일이라고 하는 삶의 굴레를 일생동안 벗어날 수 없다. 하지만, 그 숙명과 같은 말을 십자가로 부여한 이가 바로 인간을 더없이 사랑한다고 하는 신이라는 존재인 까닭에 조금은 다른 의미가 있을 것을 기대한다. 신은 그래도 인간보다는 덜 옹졸할 테고 조금은 더 관대할 테니까 말이다.

하여 궁싯거리며 그 말 속에서 하나의 의미를 조심스럽게 끌어내 본다. 노력 없이 얻은 기쁨은 그 태생적 안이함으로 인해 그 뒤에 다가올, 슬픔의 그늘이 짙게 배어 있을지도 모를 삶의 골짜기를 감당하기는 어려울 듯하다고 말이다.

두 번째 이야기

식인종

식인종

"길순이한테 들으니 길순이가 400만원 내놓는다며?"

"어."

"그래서 말인데, 미안하지만 700만원 주기로 한 거, 600만원만 주면 안 될까?"

엄마는 평소답지 않게 낮으면서도 차분한 목소리로 말했다. 풍기는 분위기와 말투로 보아 내가 혹여 상처라도 받을까봐 다듬고 또 다듬은 말이라는 것을, 전화기를 통해 나는 느낄 수 있었다. 그 말을 하던 엄마는 분명 보이지 않는 저 너머에서 내 눈치를 보고 있었다.

"생각해보니 아무래도 니 아버지 조만간 일이 없을 수도 있고, 새마을금고에선 공과금도 빠져야 하고. 미안하다야"

순간, 차분히 정리된 논리 회로를 따라 움직이던 내 안의 신경조직들이 복잡하게 얽혔다. '빌려주는 사람이 왜 미안하지? 빌리는 사람은 난데. 나는 내 통장에 공과금 낼 돈 따로 꼬불쳐 놨는데.'

16

20년 다니던 회사를 그만두고 교습소 문을 열었다. 학원 운영비와 생활비에 퇴직금을 모두 날리고, 개원한 지 반년이 채 안 되어 추가 자금이 일천만 원 정도 필요하였다. 소위 영수 보습 학원이 아니라 논술교습소인데다 인지도가 없어 수강생 모집이 어려웠던 탓이다. 이리저리 은행 대출을 알아보았지만 고금리 이자를 줘야만 하는 사채나 카드 현금서비스를 제외하고는, 시중은행에서의 일반적인 대출은 불가능하였다. 이제 막 사업을 시작한 까닭에 수입을 객관적으로 확인시키기 어려웠기 때문이다. 결국 매달 생활비를 일정 부분 보내드려야 하는 부모님께 오히려 손을 내밀고 말았다.

　내가 부탁을 한 첫날, 엄마는 '돈이 없는데……' 하면서 전화를 끊었다. 다음 날에는 엄마가 직접 전화를 걸어왔다. '돈을 빌릴 데도 없지만, 챙피서러워서 어디다 빌리냐?' 하며, 가지고 있는 돈을 모두 털어 칠백만 원을 만들어주겠다고 했다. 그 말에 용기를 얻어 막내 동생에게도 부탁을 했다. 동생은 당장 가지고 있는 현금이 없어, 연금불입액을 담보로 사백만 원 정도 대출을 내 보겠단다. 그야말로 그 밑바닥이 아득히 내려다보이는 낭떠러지 위험한 곳에서, 까딱 잘못하면 그대로 떨어져 버릴 것 같은 그런 곳에서 간신히 발 디딜 곳을 찾는 격이었다.

　그다음 날 다시 엄마에게서 전화가 왔다. 내게 필요한 돈이 일천만 원이란 것과 막내 동생이 추가로 사백만 원을 보태줄 것임을 알았기에 당신의 생활 필요 자금으로 일백만 원을 따로 떼 놔도 되겠냐는 것이었다.

　그 순간 내 안에서 화가 치밀었다. 솔직히 말하면 내 자신에게 화가 났다. 나는 내게 반드시 필요한 공과금 낼 돈 정도는 따로 통장에 마련해 놓고 일천만 원을 구하고 있었던 것이다.

전화기를 들고 있던 몇 초 사이, 그 며칠 전 교습소에서 수업했던 '연어' 이야기가 떠올랐다. 바닷물고기인 연어는 새끼들이 안전하게 자라도록 하기 위해 목숨을 걸고 강을 거슬러 올라가서는 알을 낳고 그 옆에서 죽어간다. 바다에서 출발하여 자신이 태어난 강에 도달할 때까지 먹이를 먹지 않기에 지쳐 죽는 것이다. 그야말로 목숨을 건 여정이다. 목표를 향해선 목숨을 거는 어떤 속성이 생물에게 있음을 말하는 것이리라. 그렇게 죽어서는 막 부화한 새끼들에게 먹이가 되어 준다. 살아서 새끼를 양육하지 못하는 태생적 한계를 안고 있는 피조물이, 죽어서 새끼를 양육하는 셈이다. 그 부분을 읽고 생각하던 아이들은 대부분 '어, 식인종이네.'라는 말을 내뱉었다. 태어나 자기 부모 얼굴을 모르고, 죽으면서 자식 얼굴을 모르는 어종 하나가 갖는 모성애임을 한참동안 강조하면서도 '식인종'이란 단어는 나를 계속 웃게 했다. 그러면서도 아이들에게, '우리는 대부분 성장하여 자립할 때까지 어떤 면에선 연어의 속성을 가지고 있다.'고 덧붙여 말하기까지 했다. 일순간 아이들 얼굴에 조용히 번져가던 숙연함. 그 표정을 바라보며 마음속으로 '역시, 아이들이야. 오늘 수업이 아주 마음에 드는데.'라며 수업 효과를 나름 측정하였다.

그런데 다시금 생각해보니, 자립한지 한참 시간이 지나 오십을 바라보는 이 나이에, 나는 아직도 부모를 잡아먹는 식인종이었다. 연어는 그나마 죽은 부모의 시체를 뜯어 먹고 자란다지만, 나는 살아있는 부모 살을 파먹고 있으니 식인종도 제대로 된 식인종인 셈이다. 게다가 가끔 내가 화를 내곤 했던 일단의 사람들 일이 나에게 일어났다는 것에도 화가 났다. 돈을 빌려 준 사람이 그 돈을 되돌려 받기 위해 오히려 빌린 사람에게 아쉬운 소리를 해야 하는 어이없는 상황을 제법 들어왔던 것이다. 박태원의 소설 '영수증'에 나오는 주인공 노마에게,

밀린 우동 값을 갚지 않으려 온갖 치사하고 졸렬한 수를 쓰는 모자점의 오서방이 대표적 인물이 아니던가. 빌린 사람이 오히려 큰소리치는 그 부류의 사람들 속에 내가 속하게 된 셈이다. 비록 강약의 정도는 다소 차이가 있겠지만 말이다. 그 '빌어먹을' 사람들에게 내가 가까이 다가갔다는 것과 흰 머리를 염색하는 이 나이에도 부모에게 손을 벌린다는 사실이 복잡하게 뒤얽히며 내 안에서 순간 폭발을 일으켰던 것이다.

엄마에겐 차마 그 긴 말을 다 할 수 없었다. 무슨 재치가 생겼는지, 아니면 할 수 있는 것이 그것뿐이라 그랬는지, 나는 수화기 가까이에 입을 대고 짤막한 말을 정성스럽게 했다. 아주 또박또박 내 뇌리에 한 자 한 자 심으며.

"엄마, 고마워."

세 번째 이야기

세포

세포

성남 구시가지 대도로변의 중심 상가를 막 지났다. 뒷골목으로 접어들었다. 10미터쯤 걸었을 즈음일까. 같이 걷던 막내 동생이 불쑥 말을 했다.

"이런 곳에도 여행사가 들어오나?"

동생이 바라보는 곳을 자연스레 쳐다보았다. 상가 유리창 전면에 '여행사 개업 예정'이란 문구가 붙어 있었다. 서너 명이 수리를 하고 있었다. '이런 곳.' 동생이 말한 의도 속에 상가의 위치와 규모가 크게 자리하고 있음은 묻지 않아도 알 수 있었다. 하수구 냄새가 금방이라도 코를 찌를 듯한 허름한 건물들이 즐비한 데다, 뒷골목의 야트막한 1층 건물에 네 평 남짓한 구석 상가였으니 그런 곳에 어떤 여행사가 들어올까. 내심 궁금했다.

다시 10미터쯤 더 걸었다. 그 근방에선 제법 높은 건물 중 하나인 4층 건물의 2층에 위치한 동생의 교습소에 도착했다. 아니 내 소유의

상가에 도착했다. '동생 교습소. 내 상가.'

　내 상가는 약간의 사연이 있는 곳이다. 사람 사는 곳에 이야기 서리지 않은 곳이 있겠는가마는, 현재로선 비쩍 마른 천리마를 미처 알아보지 못했다가 뒤늦게 알아본 거라고 믿고만 싶은 이야기 한 토막이다.

　나는 6년 전인 2008년에 갑상선 암 진단을 받았다. 수술을 하고 몇 개의 보험사로부터 진단비조로 1억 원 정도를 수령했다. 그 돈에 은행 대출을 합해 당시 재개발 붐이 막바지에 이른 성남 구시가지내 조그만 원룸형 상가 주택 한 채를 계약했다. 그런데 상가로 이용할 수도 있고 주택으로도 이용할 수 있는 그곳에 계약금을 주고 난 직후부터 마음이 흔들리기 시작했다. 앞뒤 전혀 재보지 않고 계약한 데다, 같은 돈으로 구입할 수 있는 더 큰 상가들이 눈에 보였기 때문이다. 어떻게든 손해 없이 계약파기를 하려고 여러 번 시도했으나, 부동산 사장의 끈질긴 설득에 최종 잔금을 주고 말았다. 곧 이어 부동산 침체가 왔다. 재개발은 어느새 물 건너갔다. 집값마저 하락한데다 주변 일대가 줄줄이 경매에 붙여졌다. 내 명의로 등록한 지 5년여 동안에도 원금 손실 없이 팔아보려 무던히 애를 썼으나 속수무책이었다.

　어디 그 뿐인가. 구입한 지 3년쯤 되었을 때부터 결로 현상이 나타났다. 그로 인해 발생하는 곰팡이까지 내 속을 썩였다. 부동산 투기 바람을 이용한 관련 인간들의 돈벌이 욕심과 날림공사가 원인이었다. 대충 지어도 3년쯤 지나면 당연히 재개발에 들어갈 테니 부실 공사가 들통 나지 않으리라, 내지는 들통 나더라도 크게 문제될 시기는 아닐 거라 생각한 것이었다. 제법 많은 돈을 들여 두 번이나 수리를 했으나 이미 완공된 건물에서 결로의 원인을 찾는 것은 쉽지 않다는 말만 번번이 들었다. 그곳을 처음에는 주택용으로 쓰면서 세입자를 들였는데, 두 번째 전세 세입자가 집을 비우겠다는 말을 하고 난 후에는 세입자 구하는 것 마저 어렵다는 말까지 부동산으로부터 들었다.

상황이 그 지경에 이르렀기 때문일까. 그제야 내 양심이 발동하기 시작했다. 아니 갖고자 하는 것을 얻지 못할 때 작동하는 자기 방어적인 '신포도 현상'이 내게 나타난 것이리라. 그 집을 구입 원금으로 팔 수 없다면 물이 새는 그 집에 세입자를 들이는 것이 과연 합당한가 하는, 양심을 가장한 위선적인 도덕성이 내게 질문을 던졌다. 최종 결단을 내려야했다. 결국 대가를 지불하기로 했다. 완공되지도 않은 건물을 공인중개사의 사탕발림 말만 듣고 계약했고, 그 중개사에 상가이자 집인 그곳의 관리를 모두 맡긴 채 결로 피해 현상을 내 눈으로 직접 확인하기 전까진 단 한 번도 집의 내부를 본 적조차 없는 것에 대한 대가였다. 끌어 들일 수 있는 모든 돈을 '박박' 긁어모아 마지막 세입자에게 전세금을 돌려주었다. 그러고는 '그런' 건물이 내 손에 들어온 것은 어쩌면 '신의 섭리' 중 하나일지도 모른다는 작위적 판단까지 하면서 건물의 용도를 집이 아닌 학원용 상가로 사용하기로 했다. 교습소를 운영하기 위해서였다. 가정 형편이 어려운 사람들이 많이 거주하는 그 지역의 특성을 고려해 교습료를 주변보다 저렴하게 책정하여 나름 아이들을 도와주겠다는 거창한 목표를 세웠다. 그리고 교습소 원장이 필요했다. 나는 이미 분당에서 논술교습소를 운영하는 중이기에 두 곳의 원장을 겸할 수는 없었다. 법이 그랬다. 고향에 있는 막내 동생에게 연락을 했다.

우여곡절을 거쳐 시골에서 올라와 준 동생과 함께 교습소 신규 허가 신청을 하고 돌아오던 날, 교습소로 올라가는 골목 입구에서 예비 여행사를 본 것이다. 즐비하게 주차된 차량 덕분에 자동차 두 대가 간신히 교차하여 빠져 나갈 수 있어 골목이라 불리기 딱 알맞은 그런 곳에, 규모가 아주 작아 보이는 여행사가 차려진다니, 어떤 여행사일까.

며칠 후 교육지원청에서 동생에게 전화가 왔다. 현장 실사를 나온다고 했다. 교습소를 차리는 모든 과정을 도와주고 있던 나는, 덕분에 다시 그곳을 방문할 수 있었다. 일을 마치고 그 뒷골목을 걸어 나오는데, 그 여행사 앞에서 발길과 눈길이 함께 멈추었다. 시쳇말로 표현하기 편한 '발길이 멈추었다'가 아니라 진심으로 발길과 눈길, 마음길이 모두 멈추었다.

중국 티가 팍팍 풍기는 한자들과 '중국'이란 단어로 도배된 한국 안내어, 중국 전담 여행사임을 알 수 있었다. 이미 개업한 그 사무실 안에 여직원이 한 명 앉아 있었다. 컴퓨터를 유심히 보고 있었다. 바쁘게 일을 하는 건지, 아니면 길을 지나가며 자신을 바라볼 시선들에 신경 쓰지 않아도 되는 컴퓨터 바라보기를 하는 건지는 모르겠다. 홍보 판에는 '중국택배'서부터 '중국공인.인증대행'까지 표기되어 있었다. 아주 독특한 것은 '결혼서류대행, 각종초청대행, 국적서류대행, 영주권서류대행'에다가 결정적으로 '유전자검사'였다. 참으로 신기하지 않은가. 지금까지 살아오면서 서유럽부터 시작하여 최근 중국까지 해외여행 좀 했다고 자부하지만 여행사가 그런 일까지 하는지는 몰랐다. 아니, 그런 일들이 내게는 결코 필요하지 않았기에 알아보지 않았다고 하는 것이 더 맞을 지도 모르겠다. 이 세상 누군가에게는 반드시 필요한 도움이지만 또 다른 누군가에게는 있는지조차 모르는 일. 바로 그런 일을 한다고 했다.

휴대폰 카메라로 그 독특한 문구들을 찍었다. 생각나는 아이들이 있었다. 그곳을 이용할 만한 어떤 사람들.

작년 초 그 인근에 있는 지역아동센터에서 5개월 정도 자원봉사를 한 적이 있었다. 그때 내가 만난 아이들은 초등학교 저학년 아이들로,

그 절반이 엄마가 다른 민족 출신이었다. 중국 한족, 베트남, 조선족 그리고 또 어떤 민족. 그 중에서 중국에서 온 이들이 제일 많았다. 다문화 가정의 그 아이들은 가정형편이 가장 어려운 층에 속했다. 수업 시간 중 가장 소망하는 것이 무엇이냐고 물었던 적이 있었다. 한 아이가,

"건강이요."

라고 답했다. 한창 꿈을 이야기할 나이에 뜻밖에 어른스러운 답변을 한다 싶어 놀라며 이유를 물었다.

"아빠가 아파요. 돈을 벌어야 하는데, 돈을 못 벌고 있어요."

라며 울먹였다. 세상에. 아빠가 아파 돈을 벌지 못하기에 건강을 가장 소망한다고 말하며 우는 아이가 있다니. 알고 보니, 일용직인 아버지가 일을 하다 다쳐 한 달 가량 쉬게 되었다고 했다. 생활고에 힘들어하는 어머니가 걱정 투로 말했을법한 소리를 여과 없이 듣고는 거르지 않은 채 타인인 내 앞에서 말했던 것이다.

바로 그 아이들과 유사한 가정의 사람들이 그곳을 이용할 것이다. 큰 여행사보다는 그래도 저렴해 보이는 그곳을 큰 불편 없이 이용할 것이다. 새로 시집 온 한국에서 결혼 서류도 챙기고, 영주권도 발급받고, 멀리 떨어진 고향에 있는 사람들과 택배도 주고받을 것이다. 무엇에 필요한지는 모르지만, 새로 태어난 자식의 유전자 검사도 그곳의 도움을 받아 할 것이다.

성남 구시가지. 1970년대 초 청계천변 정비로 강제 이주해 온 가난한 사람들이 살기 시작하면서 형성된 그 도시에 이제 또 다른 어려운 사람들이 함께 살고 있다. 그들과 눈높이를 맞추어 사업을 시작하는 그 여행사 운영자와 같은 누군가도 있다. 아마 또 다른 그들이 되고자 하는 이들일 게다. 아니면 돈이 될 만한 곳에서 돈이 될 만한 일을 하

는 장사 수완이 아주 뛰어난 이들이던가. 만약 지역 내지 '고장'이란 것이 인간처럼 하나의 유기체라면, 처음부터 서로 잘 어울리려는 세포가 있고, 시간이 흐르면서 부딪치고 깨지며 함께 어울려 가는 세포가 있겠지. 아니면 끝내 하나가 되지 못한 채 죽어 나가던가.

내가 사는 분당과 그 성남을 오갈 때마다 은근슬쩍 내 안에서 꿈틀대곤 하던 오만한 자아가 새삼스레 주머니 속의 바늘처럼 나를 찔렀다. 17평짜리 좁은 주공아파트에 살면서 '난 분당구민인데.'라는 어처구니없는 자만심을 지극히 겸손한 태도로 이중 삼중 포장하고는, 그들과 다른 '나'를 은연 중 호소하지는 않았는지를 생각했다.

어울린다는 것은 과연 무엇일까? 전체적으로 조화롭다는 말일까? 그 조화를 위해 함께 어우러진다는 말일까?

성남 시장에서 생필품을 저렴하게 구입하며 분당의 비싼 물가와 비교했던 기억이 났다. 천천히 생각해 봤다. 양심과 현실적 감각이 내게서 결심 하나를 강제로 비틀어 끌어냈다.

'죽어 나가는 세포만은 절대 되지 말아야지!'

유형이든 무형이든 이미 가진 것이 있다고 자신하기에, 가장 밑바닥의 모습을 스스로 연출해도 비굴이 아니라 겸손으로 비칠 수 있는 계산된 겸손. 자신의 존재감이 결코 훼손되지 않을 거라는 계산 하에, 무의식적 위선이 만들어내는 겸손과 친절이라면, 결코 살아남는 경쟁력 강한 세포를 만들어 내지는 못할 테니까 말이다.

네 번째 이야기

이사

이사

　가지런히 놓인 한 켤레의 신발은 두 발을 담기 위해 스스로를 비웠다. 비움이 없다면 신발은 이미 신발이 아닌 것이다. 신발 주인이 바뀔지언정 그 역할이 바뀐 적은 없었다.

　영원히 '내 집'일 줄 알았던 집 한 채를 얼마 전에 팔았다. 이사 준비를 하며 제일 먼저 신발을 정리했다.

　그렇게도 욕심을 부리며 내어놓지 못하던 신발의 절반가량을 수거함에 넣었다.

　'이제 너희는 새로운 주인을 찾아가는 거야. 어두운 신발장에서 일 년 내내 주인의 눈길 한 번 받아보지 못했잖니. 이제 너희들도 태어나면서 부여받은 소명을 다하렴.'

　신발들을 그렇게 떠나보냈다. 녀석들이 떠난 후 신발장이 휑해졌다. 그 많은 신발들을 제한된 공간에 구겨 넣느라 포개지고 찌그러졌던 모습들이 서서히 복구되어갔다.

신발을 정리한 지 며칠이 지났다. 옷을 정리할 차례가 되었다. 엄두가 나지 않아 차일피일 고민하며 미루다가 더 이상 머뭇거릴 시간이 얼마 남지 않은 어느 날, 기도를 했다. 기가 막히지 않은가. 옷가지 몇 개 정리한다고 기도까지 하다니. 하지만 지금보다 8킬로그램이나 살이 덜 쪘던 2년 전 시간에 머물러 있던 나에겐 그 방법밖엔 없었다. 그 대단하다는 인간이, 지나간 시간 속의 자신에게 매달려 현재를 저당잡히다니. 인간이란 존재는 참으로 모호하다.

'제발, 저의 현재를 바로 보게 해 주세요. 욕심을 내려놓게 해 주세요.'

기도 말에 힘입어, 아니 거의 자기 체면에 취해 옷장 문을 활짝 열었다. 나름 내 자신과 타협하여 지금보다 3킬로그램 정도 살을 빼면 입을 수 있을 옷들을 제외하곤 대부분을 동생에게 주었다.

재미있는 것은 동생에게 준 옷들이 2년 전에도 입지 않았던 옷들이란 점이다. 아주 오래 전에 사두고 2년 전뿐만 아니라 그 전에도 입지 않은 옷들이었다. 보기에 예뻐서 샀지만 결국 맞춤옷이 아닌 까닭에 내 체형에 맞지 않아 입기 불편했던 옷들, 태그조차 떼지 않은 옷들이 대부분이었다.

나는 그동안 무엇에 취해 그것들을 붙들고 있었던가! 내 옷의 3할이 날아갔다. 아니 날개를 달아 진짜 주인에게 날려 보냈다. 내 복부 깊은 곳에 있던 욕심의 때가 한 꺼풀 벗겨졌다.

이제 남은 것은 책장이었다. 대학을 신입학과 편입학을 포함하여 세 군데 졸업하고 대학원을 졸업하면서 쌓이고 쌓인 책들이었다. 학교 하나를 졸업할 때마다 200자 너비의 책장 하나만큼 책이 늘어났다. 안방의 책장은 물론 베란다에 서서 안방으로 오는 햇빛을 고스란히 차단시키던 책장을 포함한 모든 책장 한 칸 한 칸을 냉정하게 쳐다

보았다. '최근 10여 년 동안 이사할 때나 청소할 때를 제외하곤 내 손이 닿았던 책들이 얼마나 될까.'를 판단의 기준으로 잡았다. 가전제품은 모두 중고로 사면서도 책상과 책장만큼은 원목으로 맞출 만큼 강한, 내 안의 지적 허영심과 그대로 눈이 마주쳤다. 책을 우습게 생각하는 사람들을 향해 던지곤 하던 한심한 웃음을 이젠 나를 향해 던졌다.

인간의 역사가 알려주는 삶의 기본적인 필요 요건은 무엇이던가. 바로 의식주 아닌가. 사실 입으로 전해지던 삶의 지혜가 글자로 보완되면서 생긴 것이 책이다. 그런데 인간이 만들어 놓은 문명의 결과물을 나는 언젠가부터 등에 지고 살았던 것이다. 덕분에 내 등과 허리는 내내 휘청거렸다.

지금 내가 걷는 길, 내가 걷고자 하는 길과 거리가 먼 책들부터 종이박스에 담았다. 도서관에서 충분히 빌려볼 수 있는 책들이었다. 인터넷을 뒤져 적당한 학교와 봉사단체를 찾아 책 박스를 보냈다. 있어야 할 자리로 그 책들을 떠나보내며 인간이 내려놓을 수 없는 것들은 아무것도 없음을 이제 내 몸의 세포들은 깨닫기 시작했다.

이미 끝났다고 단정하며 쉬이 마침표를 찍을 수 있는 것은 얼마나 될까.

내 집을 팔고 남의 집에 세입자로 이사하는 날조차도, 내려놓아야 할 것이 또 하나 생겼다. 바로 침대였다. 이사 온 집의 장판 색깔이 너무 마음에 들어 바닥에서 한 번 자고 싶었다. 그런데 허리디스크로 고생하던 통증감이 다음 날 이상하게도 상당히 완화된 것이다. 바로 그날, 내가 쓰던 침대 매트리스가 좋지 않을 거라는 생각을 하며 단호히 침대를 걷어냈다. 침대를 버리고 나니 방이 그렇게 넓을 수 없었다. 바닥에서 뒹굴뒹굴해 보았다.

'그래, 인간의 문명이 인간의 병을 깊게 하는지도 모르겠어. 아늑한 것처럼 느껴지는 침대보다 딱딱하지만 넓은 바닥이 내 등을 더 건강

하게 하다니.'

　그런 후부터 신기한 일이 일어났다. 내게 주어진 것들을 비우면 비울수록 빈 공간이 늘어났다. 텅 빈 공간이 한 뼘씩 자랄수록 내 안엔 기쁨이 자라기 시작했다. 눈에 보이는 것들이 사라진 자리의 새로운 주인은 보이지 않는 기쁨이었다. 기쁨의 바이러스는 증폭되는 성향을 가지고 있는지 이젠 숫제 비울 것을 찾아 눈을 두리번거리기까지 하게 되었다. 먹은 만큼 배설해야 하듯, 내게 들어온 것들도 때가 되면 나가야 하는 것이었다.

　이삿짐을 풀고 목욕탕에 들렀다. 목욕을 마치고 탈의실에서 옷을 갈아입은 후 나무 의자에 묻은 물기를 수건으로 닦다가 생각에 머물렀다.

　'그래, 이 세상 떠날 때도 이렇게 떠나는 거야. 세상에 남긴 흔적은 깨끗이 닦고 가야지.'

　집에 돌아와 조용히 가계부를 정리했다. 마흔 일곱, 이 나이의 노동력을 화폐가치로 친다면 얼마나 될까. 내 몸의 장기와 세포가 노화되면서 내 노동의 가치가 떨어지는 것을 인정해야 할 때가 온 듯하다. 내가 먹고 소화시킬 수 있는 양이 줄어들고 있다. 기운이 약해지면서 내가 운동할 수 있는 양도 줄어들고 있다. 그렇다면 분명 내가 감당할 수 있는 세상의 것도 줄어드는 것이다. 내 몸을 움직여 감당할 수 있는 만큼이 바로 지금의 내 것인 셈이다.

　앞으로 나는 내가 살 집의 규모도 내려놓아야 할 것이다. 그에 따른 사소한 일상사와 먹고 마시는 일체의 것들과, 그에 따른 집착까지. 지금의 이 좁은 아파트에서 더 좁은 집으로, 마지막으로 가야할 한 평의 집까지 나는 내려놓는 시간, 비움의 시간을 제법 많이 거칠 것이다. 이젠 나도 행복한 죽음을 준비하는 삶을 살아가야겠다. 비워가는 삶을 말이다.

다섯 번째 이야기

마음은 자연을 넘어서는 자연이다

마음은
자연을 넘어서는
자연이다

　오늘도 어제와 같고 내일도 오늘과 같을 현실에서 '최선'이란, 시간의 다름을 추구하기보다 항구한 같음을 이루기 위한 노력일 때가 가끔 있는 듯하다. 내가 가장 많은 일상의 시간을 쏟아 붓는 논술 교습소 아이들이 이달 초에 학교에서 2학기 중간고사를 치렀다. 아이들의 노력과 성실성을 향상시키기 위한 그 시험을 함께 준비하며 나 또한 성실의 또 한 계단을 밟았다고나 할까.

　시험을 준비하던 한 달 내내 손톱도 발톱도 자르지 않고 오로지 하나에만 집중했다. 최선을 다해 노력하면 최상의 결실을 얻을 수 있다는 확신을 아이들에게 심어주기 위한 그 하나에. 아이들에 대한 내 마음이, 세상 사람들이 미신적이라고 생각할 수 있는 온갖 판단들을 당당하게 무마할 거라는 자신감이 있었다.

　그러다 9월 마지막 일요일에 문제가 생겼다. 매월 마지막 일요일은 내가 가장 아꼈던 애완견이 묻혀있는 납골당에 가는 날. 그곳에 가는 것이 내가 추구했던 '하나'를 이루기 위해 차단해야 할 부수적이고 외적인 일은 아닌 지를 고민했던 것이다. 주먹을 쥔 손아귀에서 맹수의 것 마냥 긴 손발톱의 감촉을 느끼며 아파트 주차장으로 향했다. 착잡한 마음을 안고 주일 미사에 참례하기 위해 집을 나선 것이다.

차가 주차되어 있는 근처 가까이에 이르렀을 때였다. 내가 방금 지나온 뒤에서 뭔가 톡! 하는 소리가 들렸다. 돌아다보니 다 익은 듯한 잣나무 송이, 먹을 수 있는 잣알이라곤 하나도 없어 보이는 외국산 솔방울이 톡하고 떨어지는 소리였다. 잠시 후 그 솔방울로 참새 한 마리가 날아왔다. 톡톡, 참새가 부리로 솔방울을 몇 번 쪼아댔다. 초가을 아침나절의 환한 풍경 속에서 그 장면은 너무나 예쁜 한 폭의 동양화로 내 안에 담겼다.

하지만 시간이 흐를수록 그 예쁜 동양화는 마음을 갖가지로 가르는 점술 카드로 변해갔다. 미사 시간 내내 그 그림에 온갖 주술적 의미를 부여하며 납골당에 가야 할까, 가지 말아야 할까를 몇 번이고 번복하며 생각을 되짚었던 것이다. 한 갈래 마음이 두 갈래 생각의 물길로 나뉘었다. 무언가가 떨어진다는 것은 그다지 좋지 않은 징조 같다는 하나의 풍경 위로, 그럼에도 그 장면을 보고 있던 내 마음이 너무나 평화로웠다는 또 하나의 해석 풍경 하나. 그렇게 두 번째 풍경으로 생각이 결정되는 가 싶으면 다시 첫 번째 풍경이 겹쳐지면서 생각은 꼬리에 꼬리를 물고 이어졌다.

그러다 물길이 잠잠해진 것은 미사가 거의 끝날 즈음이었다. 떨어지던 솔방울이 마치 작년 11월 16일 이 세상에서 자신의 목숨을 마치 낙엽처럼 떨구었던 우리 강아지 '깜시' 그 자체 같았다는 생각에 이르러서였다.

'그래. 우리 깜시도 그 솔방울처럼 떠났어. 다 익어 떨어진 솔방울

처럼. 자신의 삶을 다하고 낙엽처럼 떨어졌지.'

　게다가 힘겹게 시험 준비를 하던 한 아이가 생각나기도 했다. 근래 들어 그 아이는 본의 아니게 좋아하는 남자애에게 자신의 마음이 받아들여지지 않으면서 상처받은 자존심으로 힘들어 하는 데다 중간고사 준비라는 엄청난 무게까지 짊어지게 되었다. 인생은 이상하게도 가장 힘들 때 엎친 데 덮친 격으로 또 다른 짐이 자신의 등에 얹힐 때가 있다. 피하고 싶다고 피할 수 있는 상황이 아닌 곳에 그 아이는 지금 갇힌 것이다. 과연 그 굴레를 깨고 탈출 할 수 있을까. 마음 한 편이 짠하기도 했지만 사실 해 줄 수 있는 말과 해 줄 수 있는 나의 정성이 달리 있는 것도 아니었다. 자신에게 주어진 상황을, 힘들지만 최선을 다해 성실하게 대응하라는 일상적인 말 밖에.

　그런데 그 아이에게 내가 해 줬던 그 말이 미사 시간 내내 갈등하던 내게 답을 주었다.

　'내게 지금 주어진 시간들에 충실해야 하는 것처럼, 매월 마지막 일요일에 그곳에 가는 것 또한 내가 해야 할 일이야.'

　어찌 보면 사소한 일이고 굳이 이번 달에 꼭 갈 필요도 없지만, 어차피 내 스스로에게 부여한 약속이 아니던가. 납골당으로 운전하며 가는 내내, 이번에는 내가 그 길을 가는 정당한 이유와 근거만이 떠오르기 시작했다. 마치 당연히 그래야 하는 것처럼 생각할 수 있는 모든 사유를 끄집어내어 몇 번이고 되뇌었다.

　그 시간들을 그렇게 정면으로 뚫고 돌파하며 깜시가 있는 곳에 도착했다. 이미 가루가 되어 단지 속에 있는 녀석의 앞에 서서 이 얘기 저 얘기를 해 주었다. 이번 달에 하마터면 이러 저런 일로 오지 못할 뻔했다는 것에서부터 오늘 아침 있었던 일까지 죽 얘기해 주다가 그만 내 안에서 내가 들려주는 이야기, 솔직히 그 출처에 대해선 나도 알지 못하는 그 어떤 말 하나가 내 안에서 흘러나왔다.

'인간의 마음은 눈에 보이는 자연을 넘어서는 자연이다.'

그 순간 내게 떠오른 생각들은 빤한 것들이었다. 불심은 인간의 마음에 있다고 했던 원효대사의 이야기부터, 인간 안에 우주가 담겨있다는 말까지. 그런데 그 빤한 이야기가 점점 도를 더하며 내 생각을 위로 위로 밀어 올렸다. 종잡을 수 없고 변덕이 죽 끓듯 한 인간의 마음은 자신이 불고 싶을 때 부는 바람과 닮았다. 폭풍이 일 것 같은 순간도, 미풍보다 더 순풍인 순간도 결국 인간의 마음 안에 있다. 누군가를 죽이려는 마음은 이 세상 어떤 무기보다도 폭력적이며 잔인하고, 누군가를 살리려는 마음은 이 세상 어떤 것보다도 강한 힘으로 그 일을 해 낸다. 눈에 보이지 않는 존재가 눈에 보이는 존재를 지배하듯이, 눈에 보이지 않는 마음이란 자연이, 눈에 보이는 자연을 능가할 수도 있다. 인간의 마음 안에 우주의 생성 원리가 자연의 생장 원리가 숨어 있을지도 모른다는 식의 개통철학 이론에까지 뻗어 나갔다. 집에 오는 내내 그렇고 그런 생각들이 쉬이 떠올랐다가 거품처럼 사라져갔다.

그 거창한 생각들도 한밤이 되자 '지금 내가 있는 이 자리에서' 나를 채찍질하는 하나의 생각으로 스며들었다. 너무나 가벼운 존재인 줄도 모르고 하늘을 향해 무작정 날아오르던 껍데기뿐인 거대한 풍선이 고요한 밤이 되자 그 무게감으로 비로소 땅에 착지한 것이다.

'어떤 상황에 대한 해석에 따라 내가 무엇을 해야 할지를 결정하는 것보다 내가 순간순간 당연히 해야 할 일들을 성실하게 해 내려는 마음, 누군가를 기억하는 마음, 이것이 자연의 상황을 미신처럼 해석하는 것보다도 훨씬 더 우위에 있다.'

여섯 번째 이야기

내가 아직 포기하지 않았는데

내가 아직
포기하지 않았는데

초등학교 3학년 아이 입에서 너무나도 쉽게 포기의 말이 나왔다.
"어차피 다 못하잖아요."
그냥 넘어갈 수가 없었다.

한 달 전, 2학기 기말고사가 2주 앞으로 다가 온 학원 논술 수업 시간이었다. 수업을 시작한 지 30여분이 지나도록 나타나지 않는 아이가 있어 전화하니 영어 학원에 있단다. 엄연히 논술 시간이란 것을 강조하며 한 소리 했다.
수업은 늦게 시작되었다. 그나마도 소란스러운 분위기 탓에 진도가 평시에 비해 절반도 나가지 못했다. 보다 못해 야단치듯 물어봤다.
"시험이 코앞인데 이렇게 대충 수업하면 어떻게 하니?"
나의 답답함과는 달리 너무나도 어이없는 답변이 돌아왔다.
"어차피 다 못하잖아요."

어차피 진도가 시험 범위만큼 다 나갈 수 없을 것이란 걸 이미 알기에 대충 수업한다는 것이었다.

이 얼마나 기가 막힌가! '머리 뚜껑 열린다.'는 속어가 이런 상황을 두고 하는 말이던가. 그 순간부터 십여 분 동안 내 입에선 다소 흥분한 어조로 막힘없는 야단이 흘러 나왔다. 그야말로 다다다! 거리면서.

"너희들이 어찌 그리도 잘 아니? 최선을 다해 노력하면 그 끝이 어떻게 될지 너희들이 어떻게 알아? 어차피 다 못한다고? 이번 주에 열심히 진도 나가고, 다음 주에 본 수업 말고도 추가 보강하면 다 나갈 수도 있는 진도였는데, 너희들의 섣부른 짐작이 오히려 일을 망쳤다는 것을 아니?"

순간 문제의 주인공이었던 호준이가 상기된 얼굴로 강의실을 뛰쳐 나갔다. 다른 아이 하나는 내 눈치만 보다 호준이를 쫓아 나가고, 또 다른 아이는 적당히 내 비위를 맞추는 말을 하는 상황 속에서 나는 명하니 공중만 응시하였다.

그 시간에 겪었던 명한 기분은 다음 날에도 계속되었다. 그날 장면을 나의 상상 속으로 끌어와선 허상을 향해 다시 야단치고, 또 야단치고. 그 아이가 현실에선 어떠했는지 모르지만, 최소한 내 상상 속에선 거의 24시간 꼬박 야단을 맞았다. 걸어 다니면서도 씩씩 거렸다. '내가 아직 포기하지 않았는데 말이야, 벌써 포기했단 말이야?'

그런데 어느 순간 내가 상상 속에서 야단치며 되뇌이던 나의 말이 내 가슴팍에까지 내려와 나를 공명처럼 울렸다. '내가 아직 포기하지 않았는데.' 그러고는 내게서 생각 하나가 흘러 나왔다. '그래. 나의 신은 아직 나를 포기하지 않으셨어. 내가 먼저 포기할 이유는 없어.'

사실 그 즈음 또 다시 심한 자금 압박을 받고 있었다. 회사를 그만두고 사업이랍시고 교습소를 운영하면서 자금 압박을 받지 않은 날이 없었지만, 그때처럼 심한 적은 없었다. 두 개의 카드사로부터 카드론 2300만원과 모 캐피탈 1200만원에 대한 월 상환액, 게다가 일 년 전에 경기신용보증재단에서 보증을 서 준 5000만원 신용 대출에 대한 거치 기간이 종료되면서 원금까지 통장에서 인출되기 시작했다. 대출로 인한 결재 금액만도 한 달 얼추 280만원 정도였다. 사업을 시작한 지 일 년 남짓 되면서 이제 겨우 기본 운영비를 보전하는 정도인데 너무 과한 액수였다. 지인으로부터 소개받은 금융상담사는 경기신보의 경우 거치 기간 연장이란 것이 있는데, 나의 경우엔 카드론 때문에 신용이 떨어져 어려울 거라 말했다. 아닌 게 아니라 그 사이 신용 등급이 1등급에서 5등급으로 곤두박질 쳐 있었다.

사방이 꽉 막힌 것 같은 상황에서 문득 떠오른 것이 '개인파산'이었다. 이래저래 남들도 신청한다는 그 파산을 살펴보려 인터넷을 뒤지다가 '개인회생'이란 제도가 눈에 들어왔다. 개인회생이 파산보다는 그래도 나아 보였다. 일정액의 원금을 갚아 나간다는 점에서 양심이란 게 조금은 있어 보였다. 그런데 인터넷에서 찾아낸 전문가 말인 즉 그 개인 회생이 내게는 적용되기가 쉽지 않단다. 이유는, 내게 있는 자산이 빚보다 많기 때문이란다. 전화로 상담하던 전문가가 서서히 나를 이끌어 가는 모양새에서 이상한 것이 느껴졌다. 부동산을 모두 경매로 넘겨야 할 것처럼 말하다가, 은근 슬쩍 떠보듯이, 카드 이용 한도액은 얼마냐, 현재 보유한 현금은 얼마냐 등등을 묻는 것이었다. 뭔가 꺼리는 듯한 내 답변이 답답했는지 전문가는,

"아직 젊은데 빚만 갚다가 좋은 세월 다 보낼 겁니까?"

약간은 신경질적으로 흔들리는 목소리에 단언적이면서도 자신 있는 어조의 말을 내뱉었다. 아마 이 질문에서 대부분의 사람들이 그에게 굴복했었나 보았다.

하지만 그 말이 내 감정을 건들었다. 그때까지 마치 대단한 무어라

도 되는 듯 말하던 전문가를 공격하기 시작했다.

"그럼, 젊은 시절이란 것이 룰루랄라 놀러 다니는 때인가요? 저는 제가 빌린 돈을 갚지 않겠다는 뜻이 아닙니다. 갚기는 갚되 다만 기간을 연장할 수 있는 방법을 알고 싶은 것입니다. 자신이 저지른 것은 자신이 갚는 성실을 배우는 것도 젊은 시절에 해야 하는 것이 아닌가요?"

거의 따발총 같이 한바탕 퍼붓고 나자 전화기 너머 사람은 다소 의외인지 머뭇거리는 투로 변명조의 말을 늘어놓기 시작했고 그 이후의 말은 거의 기억에 남아 있지 않다. 다만 그날 전화를 끊고 생각한 것은, 세상은 쉽게 사는 법과 어렵게 사는 법 중 늘 선택을 하게끔 되어 있다는 것이다. 자신이 가진 모든 것을 파산으로 처리해 나가며 쉬워 보이는 선택을 하든가, 힘들지만 내가 벌인 일은 내가 기워 갚는 삶을 선택하느냐의 문제였다.

신용회복위원회에까지 찾아가 상담했지만 결과는 그다지 신통치 않았다. 그냥 대출액이 가장 큰 경기신보와 잘 협의하여 문제를 해결해 보라는 조언만 얻었다. 어렵게, 정말이지 어렵게 경기신보에 전화를 했다. 버튼을 누르는 손가락에 힘이 하나도 없었다.

그런데 밑져야 본전이란 말이 틀린 말은 아닌가 보았다. 의외의 답변을 받았다. 카드론 때문에 신용이 좀 떨어졌겠지만, 연체한 적이 없고 아직 사업장을 유지하고 있으므로 대출이자만 납부하는 거치기간 연장이 가능하다는 것이었다. 얼마나 기막힌가. 그냥 용기를 내서 전화 한 통이라도 해 보았더라면 그런 헛고생과 마음고생은 하지 않았을 텐데. 인생은 상황을 정직하게 대면하는 자의 몫이 있다.

큰 문제를 해결하고 나니 이제 서서히 작은 문제도 해결하고 싶어졌다. 카드론을 상환하고 싶었던 것이다. 시중은행에서 취급하는 새

희망홀씨대출이란 것을 문의해 보았다. 그런데 두 군데에서 모두 퇴짜를 맞았다. 내가 납부하는 건강보험료를 연봉으로 환산하면 4800만 원가량 되기에 대상자 자체가 될 수 없다는 게 이유였다. 그런데 행운은 전혀 예기치 못한 곳에서 왔다. 난감해 하던 차 모 생명보험사로부터 전화를 받았는데, 내가 가입한 연금보험을 담보로 저리의 신용대출을 해 주겠다는 말이었다. 게다가 대출 조건이 내가 놓쳐버린 새희망홀씨대출이란 것보다도 더 좋았다. 회사 내부적으로 대출을 통한 수익 확보가 목적이겠지만, 내게는 가뭄 끝에 맞는 단비였다.

우여곡절 끝에 카드론을 모두 상환하고 월 280만원이나 되던 대출 상환액을 월 40만원으로 낮추었다. 연체없이 신용 추가 하락도 없이 재출발할 기회를 얻었다. '내가 아직 포기하지 않았는데.' 그 말은 이렇게 나의 신이 내게 해주는 말이 되어 버렸다.

돈 문제를 일단락 한 바로 다음 날, 호준이가 해맑은 얼굴을 한 채 교습소 안으로 들어왔다. 제법 큰 소리로,

"수학이랑 과학은 못 봤는데요, 국어하고 사회는 잘 봤어요."

라면서 말이다. 논술 수업과 직접적으로 관련이 있는 국어와 사회 기말 성적이 모두 우수하다는 것이었다. 그 아이에게 웃으며 칭찬 반 농담 반의 말을 한 번 더 던졌다.

"호준아, 앞으로 절대 쉽게 포기하면 안 돼. 알았지?"

아이는 멋쩍은 듯 시선을 내리며 살짝 미안한 표정으로 답했다.

"네."

그래. 신이 아직 나를 포기하지 않았는데, 내가 포기하면 안 되지. 나도 나의 신에게 대답했다.

'네.'

우리가 살아가는 삶의 가지 앞에는 늘 선택이 있고, 그 선택은 결과를 수반한다. 옳고 그름을 함부로 말할 수는 없지만, 분명한 것은 쉬운 선택엔 늘 함정이 있고, 힘들고 어려워 보이는 선택엔 그만한 가치가 있다는 것이다. 그리고 이런 믿음도 가져볼 만은 한 것 같다. 우리의 삶 자체가 나름 믿을만하기에 신뢰해야 한다는 것 말이다. 그래서 마지막까지 희망의 끈을 놓지 말아야 한다는 것 말이다. 바로 그 삶을 우리의 신이 우리를 위해 설계해 놓으셨고 이끄시기 때문이다.

일곱 번째 이야기

나약한 인간

나약한 인간

차갑고 건조한 겨울바람이 옷 속으로 파고들었다. 회사를 그만 둔 지 삼년 째. 갑자기 늘어난 몸무게 때문에 예전부터 몸 속에 터 잡고 들어앉은 허리디스크가 통증을 엉덩이까지 전염시켰다. 턱 밑까지 올라 온 극도의 건강 위기감은 결국 터벅터벅 걷기 운동을 하도록 만들었다.

운동을 시작한 첫째 날에는 그야말로 호기가 충천하였다. 둘째 날도 그럭저럭 봐 줄만 하였다. 아직 첫 날의 의지와 기상이 조금은 남아 있었다. 그런데 둘째 날을 지나 셋째 날 사이에 아주 긴 강이 놓여 있었다. 운동하기 싫은 마음이 가득하니 차 있었다. 그렇지만 언젠가부터 삐져나온 허리 살과 뱃살은 둘째 치고, 그렇게 많이 다른 이에게 주고도 여전히 옷장에 그득하게 차 있는, 아예 입을 수 없어져 버린 옷들은 셋째치고, 아침마다 힘겹게 일어나게 만드는 허리와 엉덩이 통증은 더 이상 눌러 앉을 여지를 주지 않았다. 그냥 내복 위에 겨

50

울 운동복과 점퍼를 덧입은 후 눈 내린 자국들이 더덕더덕 보이는 길거리를 타박타박 걸었다.

삼십여 분을 걸었을 즈음이던가. 하기 싫은 마음은 어디론가 사라지고 몸은 이상하리만치 가벼워졌다. 옮기는 발걸음이 마치 용수철의 반동마냥 가볍게 통통 튀었다.

'아, 호전반응? 몸이 무거워지며 운동하기 싫었던 아까의 그 상황이 호전반응?'

서양 의학에서도 일정 부분 인정하기는 하지만, 한의학에서 주로 인정하는 호전반응이 바로 이런 것이던가. 약물 투여를 하다보면 초기 어느 순간 나타나는 것? 그 순간을 넘어서면 호전 그래프가 말 그대로 수직 상승하며 회복으로 나아간다는 그 호전 반응?

이 약성분을 운동으로 대치한다면 똑같은 공식이 성립할 수 있을 게 아닌. 피로 내지는 병으로 피폐해졌거나 이미 나쁜 습관에 젖어버린 몸이라면, 편함을 추구하는 몸 속의 나쁜 인자들이 그 몸의 상태를 변화시키려는 약이나 운동을 거부하는 것은 당연한 것이다. 변화 가운데 있기 보다는 좋은 쪽이든 나쁜 쪽이든 이미 한 쪽으로 편향하여 안주하려는 몸을, 새로운 방향으로 끌어간다는 것은 고집 센 황소의 고집을 꺾는 것만큼이나 어려운 일일 것이다. 그래, 이틀 지난 몸은 새로운 변화를 거부하며 호전반응을 보이고 있었다.

이러한 반응을 겪는 것은 비단 몸뿐만이 아닐 것이다. 유기체적 성향을 가진 모든 것들, 공동체나 집단들도 새로운 변화를 향해 나아갈 때 분명 그런 호전 반응을 겪는다. 바로 갈등과 분열이다. 그 시기를 지나면 아에 도태되거나 새로운 도약을 이루도록 하는, 일련의 과정들 속에서 보이는 초반의 현상들이다. 호전반응은 결코 검증되지 않은 사술적 의학 설명이 아니다. 보이는 것만을 분석하여 검증 대상으로 삼는 것이 아니라 보이지 않는 것까지 보이는 것으로 설명하려는 시도이다.

그런데 항간에는 이런 과학적인 말이 떠돈다. 일주일 내내 운동하는 것보다 일주일에 삼사 일 정도 운동하는 것이 더 효과적이라고 말이다. 한때 이 말에 속아 의도적으로 하루 걸러 하루씩 운동을 시도하곤 했다. 결과는 이 주도 채 넘기지 못한 채 흐지부지 끝나 버렸다. 그리고 운동을 멈춘 지 제법 오랜 시간이 흘렀다.

과학적 설명으로는 더할 나위 없이 맞는 말이겠지만, 인간이란 종(種)이 하루 걸러 하루씩 정확하게 일정을 지키며 운동할 만큼 그렇게도 단단하고 강하면서도 자기 통제력이 강한 종족이던가. 하루 건너는 사이, 연기처럼 스며들어 온 하기 싫은 마음에 다음 징검다리를 제대로 딛지도 못한 채 그대로 물에 빠지고 마는 것이 인간 아니던가.

직립 보행으로 손이 자유로워지기 전까지 뇌의 발달을 이루기 전까지 인간은 보통의 맹수들보다 약했다. 그 조건들을 배제했을 때의 인간이 바로 인간이란 종의 적나라한 실존일 것이다. 이 실제 모습은 단순히 무언가를 지속적으로 하기 싫은 마음이나 태도로만 드러나는 것은 아닐 것이다. 결과가 좋은 일은 내가 한 것이고, 그렇지 않은 일은 언제든 남이 한 것으로 슬쩍 떠넘기고픈 유혹을 안고 사는 모습, 표면적으로는 너무나도 '착해 빠진' 자신이 다른 이들의 잘못을 떠안는 것처럼 가장하는 순간이 다반사이면서도, 그런 자신의 진짜 모습을 전혀 깨닫지 못하는 모습, 늘 당위적 판단 속에 실제적 감정 상태와 본연적 생각을 숨기면서도 깨닫지 못한 채 다른 이들을 판단하기 바쁜 모습, 이 모든 것이 바로 그 실제적 모습이다.

따라서 보이는 과학적 통계만이 아니라 보이지 않는 인간의 나약성까지 고려한다면 일주일에 서너 번 운동하는 것보다는, 차라리 운동 중독에 빠지라고 처방전을 내리는 게 현명할 것이다. 매일 먹어야 하는 밥처럼 하루라도 운동을 하지 않으면 왠지 불안한 마음을 가지라고, 그래서 운동을 해야 한다는 생각이 온 몸에 인이 박히도록 하라고 말하는 의사가 진짜 약한 인성을 제대로 본 사람일 게다.

아뿔싸. 삼일 째 운동하며 내내 떠오른, 인간에 대한 일련의 생각들이 그대로 사일 째에 들어맞고 말았다. 매일 함께 운동하기로 한 동생이 개인적인 일로 함께 운동할 수 없는 상황이 생겼기 때문이다. 겨울밤 늦은 시간, 혼자 운동할 자신이 도저히 없었기에 결국 하루 멈추었다.

인생에서 현실과 타협하는 안이한 결정은 매사에 불쑥 불쑥 찾아오고, 한 번만이 아니라 늘 시험대 위에 인간을 올려놓는다. 나약하고 부족한데다 악적 성향까지 가진 인간을 그 자체 인정하는 겸손이 어쩌면 삶을 살아가는 가장 큰 지혜이면서 용기일 것이다. 인간은 결코 강하지 않다. 인간은 결코 완전하지 않다. 인간은 결코 선성만을 가진 존재가 아니다. 하여 남을 판단하기보다 자신을 먼저 판단해야 한다.

'너 자신을 알라.'는 몇 천 년 전의 소크라테스와 관련된 그 말을, 윤리학적으로 봤을 때 현대의 인간은 결코 뛰어넘지 못했다. 앞으로도 그럴 것이다.

그리고 보면 인간은 '역사의 수레바퀴' 안에 갇혀 있다. 지극히 슬프고도 불행한 일이다. 하지만 살아야 고작 일백여 년을 넘기지 못하는 인간이 때로는 '신'적 위치에서 행하는 일을 보면, 차라리 인간에게 한계가 주어졌다는 것이 다행이다. 그 한계적 실존은, 너무나 지루한 우리의 일상이 단순할 만큼 일정한 패턴으로 반복되어 온 인간의 역사와 닮은 나름의 이유인지도 모르겠다. 비록 문명의 양태는 변했을지라도 근본적인 인간 생존의 속성은 결코 더 이상 나아가지 못하고 반복되는 역사. 바로 고만고만한 인간이 만들어내는 역사이기에, 이미 반복한 잘못을 또 저지르는 인간이기에 지속적으로 일어나는 비극들. 하지만 자신을 냉철하게 바라보고 겸손하게 역사에서 지혜를 배운다면 인간에게 주어진 진정한 행복의 실마리를 찾게 될 지도 모르겠다.

여덟 번째 이야기

기본이 기본이다

기본이
기본이다

난생처음 주말농장이란 것을 시작했다. 우스갯소리로 '농'자의 'ㄴ' 자도 모르는 사람이 뭔가에 씌어 시작한 것이다. 오십 바라보는 나이에 들어서면서 언젠가 돌아가게 될 고향인 흙이 부른 것이라고만 생각하기로 했다.

농장 관리인이 알려준 퇴비와 복합비료를 농협에서 산 후, 모종이란 것을 구하러 성남 모란시장에 갔다. 시장 인근에 주차하고 모종 파는 곳까지의 100여 미터를, 장장 세 명에게나 그 파는 곳을 물어보며 갔다. 막상 눈앞에 모종을 두고선, 낫 놓고 기역자도 모른다더니 모종들이 다 비슷비슷하니 구분할 수 없는 것이, '나는 농맹인이야!'를 명확하게 인식시켜 주었다.

재미있는 것은 모종 파는 곳을 찾아 정신없이 헤매던 와중에도 눈에 들어온 어떤 문구였다. 상점 앞 북적거리는 인도 옆에서 '새싹과 인삼 먹고 메르스 이겨내자.'라는 가게 주인의 상술이 더덕더덕 입힌

옷을 입고 버젓이 서 있는 팻말이었다. 사람들의 시선을 얼마나 *끄는* 지는 몰라도 최소한 불안과 비웃음 사이쯤의 마음을 담은 인사를 받고 있었을 것이다. 아침나절 집에서 나올 때, '메르스 때문에 건강보조식품 매출 급상승'이란 구절을 아파트 엘리베이터 안 방송으로 이미 본 뒤라 그런지, 꺼림칙한 기분이 가시처럼 돋았다. 인간 안에 있는 불안함과 그것을 이용하는 교묘함이 절묘하게 조화를 이루고 있었기 때문이다.

퇴비 두 포를 차 뒷좌석에 싣고 이동하는데, 인간 원시 삶의 냄새가 퍼져 왔다. 익숙한 냄새가 아니기는, 나중에 합승한 동생에게도 마찬가지였나보다. 투덜대는 동생에게 달리 반박할 말이 없었다. 하지만 퇴비 냄새는 익숙치 않은 것의 시작일 뿐이었다. 막상 농장에 도착하니 삽과 쇠스랑으로 땅을 일구는 것부터 퇴비 뿌리고 이랑 만들고 물 주고 멀칭비닐로 덮는 것까지, 익숙치 않다는 생각을 할 겨를이 없었을 뿐 모든 것이 새로운 일들이었다.

농사일에는 철저한 원칙이 작용하고 있었다. 많은 수확을 얻겠다는 욕심으로 이랑을 지나치게 많이 만들어 그사이를 좁게 하면, 이랑 사이 흙을 이용해야 하거나 풀 뽑기 작업을 할 때 일하기 힘들어진다. 욕심 때문에 모종 사이를 촘촘히 심어도 문제가 된다. 뿌리가 서로 얽히고 잎사귀가 서로를 덮어 오히려 해가 되기 때문이다. 모종을 깊게 심으면 뿌리가 잘 내릴 수 있으나 뿌리채소일 경우 수확하기가 어렵고, 모종을 얕게 심으면 뿌리가 땅에 흡착하기 어렵다. 줄기 식물인 고구마도 45도 각도로 심되, 뿌리로 선택된 줄기와 줄기가 서로 만날 수 있는 지점을 고려하여 심는다. 고구마에 지나친 거름을 주면 잎사귀만 무성하고 열매가 실하지 않다. 비단 고구마만이 아니다. 대파 또한 모종을 심는 당일에 거름을 주면 뿌리가 썩을 수 있다고 한다. 이

식한 모종에 준 물이 땅속으로 스며들다가 거름과 섞여 뿌리에 가 닿으면 안 되기 때문이다. 반면 참외는 거름이 부족하면 잎이 누렇게 변하며 열매가 열리지 않는단다. 식물들도 몸에 좋다는 거름이 정도를 넘어서면 독이 되고, 부족하면 영양실조가 된다. 게다가 사람처럼 종류별로 체질이 달라 필요한 거름 양도 다르고 줘야 하는 시기도 다르다. 쉽게 빨리 끝내려고 원칙을 벗어난 일처리를 하면 아예 하지 않는만 못하단다. 잡초를 뽑으면 버리지 않고 작물이 더위를 잘 이기도록 작물 주위 흙을 덮는 덮개로 이용하는 사람도 있다. 거름을 놓고 작물과 먹이 경쟁을 하는 잡초는 분명 뽑아야 할 대상이지만, 쓸모 있게 이용할 수도 있는 것이다. '적'마저도 굴복시키고 이용하는 리더십, 모든 것이 철저히 기본에 충실하고, 선현들의 지혜를 그대로 되살려내는 일들이었다.

지독한 가뭄이라 모종을 하고는 물을 물뿌리개로 여러 번 '퍼 날라' 뿌려주면서 그 옛날 하늘에 의지했던 선조들의 마음을 이해했다. 가뭄이 들면 하늘에 제사 지내고 그렇게 해도 안 되면 하늘이 노하신 거라 생각했던, 어찌 보면 순진하고 또 어찌 보면 어리석었던 그들이 지금처럼 메르스라는 극단의 상황을 상술로 이용하는 교묘한 이들보다는 나았다. 최소한 원칙과 정직이라는 기준이 적용되는 농사일에선 말이다. 단순함과 소박함이 켜켜이 쌓인 표정에 우직함이 그대로 배어나는 농부의 마음만이 그 마음을 알아듣는 작물을 키울 수 있기 때문이다. 상황을 어떻게든 이용하여 자신의 주머니를 채우려고 때에 따라 다른 이중 삼중의 표정을 연출하는 얄팍한 이들은 결코 작물의 마음을 움직일 수 없을 것이다.

그 옛날 배우지 않아 어리석었던 선조들이 가뭄과 장마, 태풍을 이기고 삶을 거듭해 온 밑바탕에는 바로 그 마음이 있었다. 원칙을 지키는 마음, 기본을 지키는 마음이다. 그들은 비록 바보 같기는 했지만,

이 세상을 좌우하는 이가 하늘이란 것도 알았다. 고대 '부여'에선 한 해 농사가 제대로 되지 않으면 왕을 잘못 뽑은 것이라 생각하여 임금마저 바꿔 버렸다. 아무리 권력자라 하더라도 인간은 인간일 뿐이지 하늘을 능가할 수 없다고 생각한 것이다. 그 바보들은 가장 기본적이면서도 가장 중요한 것을 알았던 것이다. 그리고 그 바보들을 닮아 그들이 심은 작물들도 팥 심은 데는 팥만 났고 콩 심은 데는 콩만 났다.

모종 심은 날 입었던 옷을 베란다에 걸어 두었더니, 열린 문 사이로 퇴비 냄새가 솔솔 들어왔다. 아침나절 차 안에서 맡았던 퇴비 냄새 자리에 어느새 편안한 시골 내음이 들어앉아 있었다. 그 후 며칠 동안 물을 주러 같은 옷을 입고 농장을 다녀온 덕분인지 냄새에 민감하던 내 성격도 서서히 둔감해져갔다. 바깥에서 한껏 뛰놀다가 땀범벅으로 교습소에 들어오는 아이들의 내음도 이젠 시골 내음이 되어간다. 사람 사는 냄새라는 것이, 인간이 만든 사물이 아니라 신이 창조했다는 사람이 만들어내는 냄새이고, 이는 땅에 뿌리박은 유기체의 운명이자 특권이기도 하다는 생각이 자리 잡는다. 유기체.

만약 메르스가 극단으로 치닫게 되면 사회는 어떻게 될까. 그 상황에서도 메르스를 핑계로 각종 상품들이 '돈'이라는 매개체를 통해 날개 돋친 듯 팔리게 될까. 그 상황에까지 가서도 '돈'이 지금까지처럼 자본의 황제로 군림할 수 있을까. 아주 옛날처럼 혹여 쌀이 화폐 자리를 대신하지는 않을까. 유기체가 먹는 것을 그만둘 수는 없기 때문이다. 먹지 않고도 살 수 있는 사이보그가 될 생각이 있느냐고 사람들에게 묻는다면, 과연 몇 명이나 그럴 의향이 있다고 대답할까. 결국 신석기 시대 인간이 정착하면서 시작한 농업이라는 1차 산업, 그 산업의 고향으로 회귀하는 현상도 어쩌면 생길지 모르겠다. 높이 치솟는 2차 이상의 산업 유형도 결국 수평으로 펼쳐 놓으면, 돈도 되지 않고 부족한 사람들이나 하는 것 같은 농사라는 기본에서 출발했기 때문이다.

논술 수업을 하며 많은 시행착오를 거친 결과, 꼼꼼하고 정확하게 책을 읽는 것이 가장 중요하다는 것을 거듭 깨닫는다. 책 읽는 것을 싫어하거나 의무감으로 여기는 아이들도 꼼꼼하게 책을 읽혀 그 내용을 공감하게 하고 이해하게 하면 얼마 가지 않아 책 읽기를 좋아하게 된다. 책 읽기를 좋아하면 글도 잘 쓰고 공부도 잘한다. 결국 기본이 가장 중요한 것이다.

얼마 전 세탁기 사건에서도 유사한 것을 확인했다. 세탁기에 두세 번 돌려 말렸는데도 다 마른 후 눅눅한 냄새가 나는 옷이 있었다. 버리기가 아까워 아무 생각 없이 빨래 비누로 손빨래를 한 후 세탁기에 돌려 말렸더니만 냄새가 많이 없어졌다. 편리한 세탁기가 오랜 세월 인간의 세탁 방식인 손빨래를 넘어서지 못한 것이다. 세탁기는 기본의 변형일 뿐이다.

메르스를 이기기 위해선 기본으로 돌아가야 한다. 어디 메르스뿐이겠는가. 맑고 건강한 자연의 물과 공기를 마시고, 충분한 수면을 취하고 잘 먹는 것. 어쩌면 그 어떤 것보다도 가장 중요한 것이다. 모든 것의 답은 기본에 있다. '신'이 주신 이 자연 안에 답이 있다. 기본이 역시 기본이다.

아홉 번째 이야기

주인을 알아보다

주인을
알아보다

수업이 끝난 후 아이들이 강의실을 나가다가 오늘도 어김없이 출입구 쪽에서 '문'과 씨름하는 소리가 났다. 출입구와 멀찍이 떨어져 있던 내 귀에도 아이와 문이 얼마나 서로 엇박자를 내고 있는지 훤히 들려왔다. 여름 벌레들의 출입을 막기 위해 현관문 바로 앞에 설치한 방충망 문짝이 잘 닫히지 않는 모양이었다. 한참을 그러기에 의자에서 벌떡 일어나 문 앞에 다다를 즈음 아이는 그제야 문을 닫고는 씩 웃으며 '이제 됐어요.' 라고 말한다.

뒤돌아 내 자리로 향하는 사이, 아이의 멋쩍은 웃음 자국이 아직 뇌리에서 지워지지 않는 그 사이, 어린 시절 들었던 어른들의 대화 한 자락이 떠올랐다. 어떤 어른이 잡다한 일을 하다가 제대로 되지 않으면 그 자리에 함께 있던 다른 어른으로부터 종종 '그것이 주인 알아보는 거야.' 라는 말을 들으시곤 했다. 예를 들어 가방의 지퍼가 뻑뻑거리며 여닫히지 않던가, 문짝이 제대로 여닫히지 않던가 할 때였다. 어린 나이에 사물이 주인을 알아본다는 말 자체가 합리적이지 않은지라 그냥 어른들의 우스갯소리로 치부해 버리곤 했지만, 그 물건의 주인이거나 그런 류에 대해 잘 아는 사람이 취급하면 늘 제대로 되어 버릴 때에는 어쩔 수 없이 합리를 넘어서는 비합리가 존재함을 느낄 수밖에 없었다.

내가 운영하는 교습소의 방충망용 문은 보통 문들보다 폭이 넓어서 힘이 약하다. 문을 닫는 마지막 단계에서 철로 된 틀이 약간 휘기 때문에 섬세하게 아귀를 맞추거나 아니면 강하게 힘으로 밀어붙여야 한다. 그러다 보니 늘 처음 오는 사람이나 익숙지 않은 아이들은 대체로 한 번에 문을 닫는 것에 실패하곤 한다. 주인이 아니기 때문에 문의 특성을 모르는 것이고, 문의 특성을 모르니 그런 것이다. 결국 문이 '주인을 알아보는' 것이 아니라 실은 문을 '주인이 알아보는' 것이다.

'모든 물건에는 임자가 있다'는 말도 이 맥락에서 그리 벗어나지는 않을 것 같다.

아주 예전에 알고 지내던 어떤 교수님으로부터 들은 말이다. IMF 때 남동생이 사업에 실패하여 상황이 무척이나 어려웠다고 한다. 이미 돌아가신 오빠의 부인인 올케는 상당한 유산을 보유했지만 그 상황을 모른 척했고, 본인이 동생의 아들인 조카의 학비를 보태는 등 거의 키우셨단다. 당시 서울에 가지고 있던 10평대 아파트를 팔아서라도 동생을 도우려 했으나 팔리지 않았다. 그러나 다행히 동생은 재기에 성공했고, 그 후 지방 대학에 있는 누나가 서울 올 때를 위해 동생은 늘 자기 집의 방 한 칸을 비워 두었다.

시간이 흘러 그 10평대 아파트가 마침내 재건축을 하게 되어 30평대 아파트로 변신했다. 재건축 비용 때문에 힘은 다소 들었지만 당시 교수님은 기분 좋은 표정으로 말씀하시곤 했다. 모든 물건에는 임자가 있는 것 같다고 말이다.

　교수님께선 두 번째 심장판막증 수술을 받으신 후 잘 생활하시다가 감기 예방주사를 맞으시고 후유증으로 돌아가셨다. 장례식장에 찾아갔을 때 남편도 자식도 없던 교수님을 위해 그 조카가 상주 역할을 하고 있었다. 교수님이 키운 그 조카가 교수님이 떠난 마지막 자리를 지키고 있었다. 그리고 언젠가 교수님께서 말씀하셨던 그 아파트의 주인은 이제 조카가 되었다. 교수님이 돌아가시면서, 당신에게 잘해준다고 칭찬하시던 조카 앞으로 모든 유산을 남겨 놓으셨기 때문이다. 아니면 당신을 위해 늘 방 한 칸을 비워 놓았던 동생을 위한 배려일 수도 있겠지만, 여하튼 확실히 모든 물건에는 임자가 있는 것 같다.

　누군가가 기껏 값을 치르고 얻은 것이라 하더라도 그가 쉬이 잃어버렸거나, 정황상 다른 이에게 넘길 수밖에 없을 때, 또는 다른 이에게 아무리 넘기려 해도 넘길 수 없을 때 우리는 주로 '물건에는 임자가 있다'고 말하곤 한다. 물건을 쉬이 잃어버렸거나 떠나보낼 수밖에 없는 사람에게는 물건에 '집착하지 말라'고, 자신에게 주어진 것을 소중히 여기지 않는 사람에게는 언제든 그 물건은 어김없이 진짜 주인을 찾아 떠난다는 경고로, 떠나보내려 해도 떠나지 않는 물건을 가진 사람에게는 엄연히 진짜 주인에게 와 있기에, 그 주인을 위해 할 일이 있기에 다른 주인을 찾아갈 수 없다고 말하는 것이다.

　물건을 대하는 자세가 어떠해야 하는지, 주인의 자격이 무엇인지, 주인이라면 어떻게 해야 하는지를 말해 주는 이 민간 속담은 물각유주(物各有主), 모든 물건은 제각기 임자가 있다는 고사성어에 그 뿌리를 두고 있다. 설마하니 생명 없는 물건이 마음과 발(足)을 갖고 있어 자기 주인을 선택하는 것은 아닐 테고, 결국 사람이 자신의 물건을 자신의 것으로 만들어가는 과정을 두고 하는 말일 게다.

이 성어는 또한 인간인 우리의 주인이 누구인지 한 번쯤 생각하게 한다. 인간이 만든 물건 또한 자신의 임자가 있다면, 그 생명이 유한할 뿐인 인간 또한 창조주가 있을 것이기 때문이다. 만약 우리 인간의 주인이 있다면, 그리고 '나'라는 존재의 주인이 있다면 그분은 아마도 우리의 모든 것을, '나'의 모든 것을 가장 잘 아실 것이다. 내가 아는 것이 아니라 그분이 '나'를 아시는 것이다. 다른 이의 손에는 삐거덕거리지만 주인에게는 제대로 순종하는 문짝이 사실은 주인이 그 문짝을 알기 때문인 것처럼 말이다.

우리가 무엇을 어떻게 해야 하는지를 삐거덕거리는 문짝은 알려준다. 주인의 음성과 발소리를 제대로 알아들으라고 말이다. 그래야 우리의 주인이 우리를 당신 소유로 길들이시며 당신께로 인도하는 여정에서 우리는 이탈되지 않을 것이다.

열 번째 이야기

삶은 그냥 사는 것이다

삶은
그냥
사는 것이다

새 술은 새 부대에 담아야 한다?

새로 갓 만든 술을 헌 부대에 담으면 새 술이 발효되는 과정에서 헌 부대가 새 술을 감당하지 못해 터져 버리기 때문에 나온 말이라 한다. 언젠가부터 나와 생각이 다르고 가치관이 다른 사람을 만나면, 그래 역시 새 술은 새 부대에 담아야 해, 라는 생각을 하며 나는 '새 술'이, 그들은 언제나 내게 '헌 술'이 되었다.

그러다가 일이 벌어졌다. 3년 전에 구매한 중고자동차가 3주 전쯤 문제를 일으킨 것이다. 구매 당시 이미 12년쯤을 살았으니 이제 생의 15년 고갯길에 접어든 자동차였다.

분당세무서의 구불구불한 지하 주차장을 네 개 층 올라오는 사이 가쁜 숨을 감당하지 못해 그만 '마후라'가 터져 버렸다. 보험사를 통해 견인차를 부르고 견인 운전자가 소개해 준 자동차 공업사에 차를 맡겼다.

일터로 돌아 온 후 공업사에서 전화가 왔다. 타이밍밸트를 갈았느냐는 것이다. 올해 초 자동차의 상당 부분을 수리하긴 했지만, 원래 물건 하나하나에 일일이 신경 쓰지 않는 내 성격상 갈았는지 갈지 않았는지 기억이 나지 않았다.

15년쯤 되었으면 바꿀 때가 되었는데 육안으로는 구분이 되지 않는다는 말을 듣고는, '그래, 잘못 되는 것보다는 돈을 쓰는 것이 낫지.'라는 생각에 갈아 달라고 했다.

다음 날 자동차를 찾으러 공업사를 방문했다. 수리비를 깎기 위해 한참을 실랑이 하고 나서 카드 결제를 막 끝낸 직후에야 들었다. 타이밍밸트를 뜯어보니 올해 초에 갈았더라는 것이다. 어차피 공임비가 비싸기 때문에 그냥 부속품을 갈았다고 했다. 한 마디로 타이밍밸트를 뜯었기 때문에 공임비가 발생했고, 부품을 갈지 않아도 어차피 돈을 받아야 했기에 바꾼 지 얼마 안 된 부품을 갈았다는 것이다. 마후라 수리비 26만원, 타이밍밸트 일체 교체비 28만원, 깎고 깎아서 결국 45만원을 결제했다. 교체할 필요도 없는 부품을 교체하고서 돈을 받는 사장이 어딘지 이상하면서도 그 사장 목에 걸려 있던 십자가 목걸이가 내 안에서 올라오려는 나쁘게 판단하려는 생각을 눌러버렸다.

결제가 끝난 바로 그날 집으로 돌아오다가 운전대가 휘어져 있는 것이 보였다. 수리 과정에서 문제가 있었던 듯했다. 수리해 준 공업사에 연락하니 전문 타이어점을 찾아 가라며 한 곳을 소개해 줬다. 그런데 또 다시 문제가 생겼다. 타이어점 사장님과 동승을 한 채 시운전을 하다가 차가 그만 소위 '퍼져' 버린 것이다. RPM이란 것은 계속 올라가는데 바퀴가 공회전을 하는 바람에 시끄러운 소음만 일으키면서 속도가 점점 떨어지더니 도로 중앙에서 차가 멈춰 버린 것이다. 이번에는 '미션' 문제라고 했다. 공업사에서 소개해 준 미션 전문점에서 수리된 차를 그 다음 날 또 다시 45만원을 결제해 주고 찾아 왔다. 운전하는 동안 너무 심한 소음이 들려 전화로 확인하니, 재생 마후라 제품을 사용했기에 어쩔 수 없단다.

그로부터 정확히 나흘 뒤 경기광주로 운전할 일이 생겼다. 16년 동안 키웠던 애완견을 화장시키고 유해를 맡겨 놓은 곳에서 이젠 유해를 찾아와 그 녀석의 고향, 그 녀석을 마지막까지 돌봐 주셨던 엄마 사는 곳 주변에 묻어 주어야겠다는 생각 때문이었다. 이미 가루가 되어 버린 육체를 땅에 묻으면 흙에 섞여 흔적조차 사라질까봐 걱정 했던 것은 지극히 인간적인 생각이란 것을 요즘 들어 절실히 느끼면서 결정한 판단이었다. 그 아이가 가장 바라고 행복해할 것이 무엇인지를, 그 아이 떠나고 2년 가까운 시간이 흐른 요즘에서야 생각하게 되었다. 그런데 왕복 44킬로를 달려야 하는 도로에서 또 다시 차가 퍼져 버렸다. 35킬로 지점이었다. 보험사에 연락한 후 견인차가 올 때까지 내 차 옆을 지나며 빵빵 울리던 경적에는 운전자들의 감정적 '신경질'이 고스란히 담겨 있었다.

더 이상 고민할 것이 없었다. 내 안에는 온통 '그래, 역시 그랬어. 새 술은 새 부대에 담아야 했어. 15년 넘은 헌 자동차 본체에 새로운 부품을 부착했으니 연속적으로 부품들이 고장 나는 거야. 그전에는 그럭저럭 굴러갔는데, 새 부품을 장착하니 기존의 헌 부품이 새 것의 속도와 강도를 따라가지 못해 고장 나는 거지.' 라는 생각만이 가득했다. 차를 공업사에 맡기고 폐차 과정을 부탁한 뒤 일터로 돌아왔다.

불행인지 다행인지 학원 수업 때문에 폐차를 위해 필요한 신분증 사본을 팩스로 보내는 시간이 늦어졌다. 하여 폐차는 다음 날 진행하기로 했다. 그런데 자동차 보험사에 보낼 일이 있어 공업사에 부탁하여 보내 온, 자동차의 마지막 모습 사진이 내 마음을 계속 끌었다. 마치 16년 동안 식구였던 강아지 '깜시'의 애처로운 모습으로 보였다.

함께 한 3년의 시간이 자동차를 식구로 만들어 버렸단 말인가. 일단 공업사 사장님께 폐차를 미뤄 달라는 문자를 보내고 밤새도록 생각했다. 새 술은 과연 새 부대에 담아야만 하는 걸까. 그것은 인간의 삶에서 어디까지 유효한 것일까.

다음 날 아침 눈 뜨자마자 결정한 것은, '그래, 아직 차의 수명을 결정하는 것은 너무 빨라. 한 번 더 미션 수리를 받아보자'였다. 어차피 A/S 기간이 있는 것이고 그것을 이용한다고 하여 문제될 것은 없었다.

그럼에도 수리되었다는 그 차를 찾으러 가는 날 찜찜한 마음이 가시지 않았다. 택시 안에서 나이 지긋해 보이는 기사님을 통해 다른 공업사를 소개 받고, 그 공업사를 통해 알게 된 미션 전문점으로 향했다. 자동차의 수명을 임의로 결정하기에는 뭔가 아쉬움이 남고, 아직 그 자동차의 수명은 남아 있을 거라는 판단에서였다.

새로운 미션 전문 공업사를 찾아, 다짜고짜 '미션을 통으로 갈아달라고, 새 미션은 비싸다 하니 재생미션으로 갈아 달라'고만 하였다. 바로 직전의 공업사에서 차를 찾아올 때, 사장으로부터 미션을 완전히 고쳤으나, 차의 문제는 미션에 있다는 말을 반복하여 들었기 때문이었다.

알겠다며 곧바로 자동차 앞 뚜껑을 열어 본 직원은 뭔가 이상하다는 눈초리를 보내며, 미션을 한 번도 손대지 않았느냐는 질문을 던졌다. 그 얼굴 표정을 보며 차마 거짓말을 할 수 없어 그간의 일을 자세히 얘기했다. 직원은 자기네 사장과 상의한 후, 미션은 갈지 않는 것이 좋겠다는, 차라리 자동차를 맡겨주면 정밀하게 검사하여 출고하는 날, 자동차에 이상 없이 해 주겠다는 약속을 반복했다.

마후라 값으로 26만원을 줬다는 내 말을 듣던 순간, 어이없어 하며 고개를 살짝 돌리던 그 직원의 표정에 신뢰한만한 그 무언가가 담겨 있었던가. 그냥 한 번 더 속아보자는 심정으로 차를 맡기고 집으로 돌아왔다.

집으로 돌아온 그날 저녁 새로운 미션 공업사로부터 전화를 받았다. 플러그배선이란 곳이 누유로 인해 온통 젖어 있고, 에어크리너통이 깨져 있어서 RPM만 올라가고 속도가 나지 않는다는 것이다. 그래서 차가 멈춰 섰을 것이라 했다. 게다가 마후라 한 개의 앞 접지 부분이 벌어져 있어 공기가 새어나가는 바람에 운전시 자동차 소음이 심하다고 했다. 마후라를 새로 간 지 얼마 안 되는 까닭에 속상해하는 나를 위로하기 위해 던진 직원의 말, 재생마후라 두 개 부속품 값이 기껏해야 오육 만원이므로 크게 부담되지 않을 가격이란다. 순간 눈이 번쩍 띄었다. 기가 막히지 않은가. 오육 만원짜리 부품의 교체비로 이십육 만원을 부르면서도 자신들이 '만땅으로 받은 것'이 아니라며 깎아주는 것을 억울해 했던 예전 사장의 표정이 생각났다. 도대체 얼마를 받아야 만땅으로 받는다는 말인가. 게다가 올해 초 이미 갈았던 타이밍벨트를 또 다시 갈다가 그만 에어콘 관련 부속품의 퓨즈를 고장냈다는 것도 확인했다. 실수라기보다는 분명 의도적이었을거야, 라는 심정적 단정이 몇 번이나 생겼지만 생각해봤자였다.

동생과 함께 자동차를 찾아오던 날, 동생이 편안하게 한 마디 했다. '차가 예전보다 훨씬 더 좋아졌네. 이젠 좀 마음 놓고 타도 되겠는 걸.'

만나면 굉장히 기분 나쁜 감정의 꼬리를 남기는 사람들이 있는가 하면, 기분 좋게 하는 사람들이 있다. 기분 좋은 흔적으로 남겨진 그 무엇을 일러 '그리스도의 향기'라고 하던가. 그리스도의 향기를 남기신 사장님은 '종교가 뭐냐'는 나의 질문에 허허 웃으며 답했다. '무교입니다.' 언제부턴가 종교와 그 종교를 믿는 사람을 동일시해 온 내 생각을 여지없이 흠씬 두들겨 버린 사건이었다. 아니면 '신'이 아닌, '신'을 믿는 종교를 '신'으로 우상시했던가.

이러저런 상황을 겪으며 삐딱한 내 성격이 발동했는지, 다른 이들에게 나를 천주교 신자라고 소개하곤 하던 내가 얼마 전 추석 명절을 이용해 월정사에 다녀왔다. 팔각구층 석탑을 지나 법당이란 곳에 슬쩍 들어가 보았다. 절하며 눈물 짓는 어떤 할머니, 그리고 또 누구누구. 모두들 한 마디씩 사연을 가슴에 안고 부처님을 향해 절을 하고 있었다. 법당 가득 메우는 108배 수행 기도, 그 소리가 내 어딘가를 건들었는지 그날 바로 수행 기도 CD를 샀다. 그리고 다음 날부터 잠들기 전에 108배 절 수행을 시작했다.

아침과 저녁에는 하느님께 기도하고, 잠들기 전에는 불가의 108배 절을 한다. 며칠 지나는 사이 하느님께 하루의 끝기도를 드리며, '나의 오늘 하루가 과연 수행의 삶이었나.'를 반성한다. 진정한 깨달음을 얻어 바른 삶을 살아가려는 '불자' 또한 모든 이의 창조주이신 하느님께는 분명 자녀일 것이라 확신하며 말이다. 모든 이를 사랑하시는 창조주께서 설마 종교에 따라 사람을 차별하시지는 않겠지. 다음에 기회가 되면 불교 신자인 엄마를 따라 구인사에 다녀올 작정이다. 나중에 기도를 하며 하느님께 살짝 여쭤볼 참이다. '그리스도교 신자인 공업사 사장이 구원받을까요? 아니면 불교 신자인 우리 엄마가 구원받을까요?'

'새 술은 새 부대에 담아야 한다.'는 것을 하나의 당위적 논리처럼 삶에 꿰맞추려는 것이나, 종교를 인간됨과 구분하지 못하고 착각하는 것 또한, 어쩌면 삶을 삶 자체로 보지 않고 하나의 이념으로 봐 왔다는 반증일 것이다. 삶은 그냥 살아가는 것이지, 어떠한 이념도 어떠한 해석도 아니다. 하느님은 결코 세상 풍파에 시달려 부러진 갈대를 이미 부러진 것이라 하여 일부러 꺾지 않으실 테고, 세상 살아가면서 부러져 본 적 없는 사람도 없으며 상처하나 없이 살아가는 사람도 없을 테니까 말이다. 모든 인간은 중고이고, 세상 모든 것 또한 중고이다. 하늘 아래 새 것은 결단코 없다.

열한 번째 이야기

사람나무

사람
나무

가을이 깊어가며 사람도 깊어가나 봅니다.

　지구 온난화란 단어가 아직은 활개치지 못하던 제법 가까운 옛날, 삼한사온이 반복될 때마다 차가운 기온이 똑똑 사람들 폐부에까지 스며들며 겨울을 준비하라고 알려주던 그런 옛날이 있었습니다. 아직 여름이기를 바라는 사람들, 아직은 사람살기 좋은 가을이기를 바라는 사람들에게 인정사정없이 겨울의 칼바람이 오기 전에 늘 삼한사온은 겨울 나라의 사신처럼 우리에게 먼저 찾아 왔었지요. 찾아올 때마다 기온을 조금 조금씩 점점 더 차갑게 하면서 말입니다. 얼마나 마음이 아팠을까요? 그럭저럭 차려입는 귀족들이야 그렇다 치지만 제대로 된 겨울옷을 갖추지 못한 사람들을 생각하면 자연도 마음이 짠했을 것입니다. 그렇다고 한 겨울의 추위를 이 세상에 보내지 않으면, 단순하고 미련한 사람들이 땅의 지력이 다해가는 줄도 모르고, 자신의 기운이 일 년 농사짓느라 쇠한 줄도 모르고 일을 할 테니 어쩔 수 없었을 겁니다.

　자연의 따스한 사랑이 나이를 먹어가면서 비로소 느껴집니다. 똑같아 보이는 일 년이 반복될 때마다 사람의 나이테도 자연스럽게 커져왔기 때문인 듯합니다.

　겨울바람이 불기 시작만 하면 입술이 바싹 마르고 코가 답답하여 코뿐만 아니라 입으로도 함께 숨을 쉬어야 했던 육체적 조건이 예전에는 그저 한심한, 정신력으로 반드시 이겨내야 하는 그 무엇쯤으로만 생각되었습니다. 그런데 오십을 바라보는 나이가 되어가면서 알게 됩니다. 한 겨울 추위에 얼어 죽은 줄로만 알았던 대추나무에서 늦봄의 연두 손가락이 꼼지락거리며 나오는 것을 보면서 그리고 다시 생기를 찾아가는 모습을 보면서 비로소 깨달은 겁니다. 입술 마르고 코 답답하고 숨을 한숨 쉬듯이 쉬어야 하는 이 초겨울, 바깥에 있는 저 나무들도 또한 그러할 거라고 말입니다. 동물들과 곤충들이 겨울나기 준비를 미리 하듯 나무들도 겨울을 살아내기 위해 수분을 뿌리에 저장하고는 최대한 아끼겠죠. 하여 나무들도 줄기 껍질이 말라비틀어지고 숨 쉬기도 벅찰 것입니다.

　이겨내야 하는 한심한 한계적 조건이 아니라 이 세상을 살아가는 모든 생명체가 그러함을 깨닫고 순응하기를 바라는 자연의 사랑이 느껴집니다. 아무리 현대화되었더라도, 그 옛날과는 다른 일들을 많이 하더라도 인간은 여전히 조금은 쉬엄쉬엄 가야하는 겨울이라는 계절이 필요한 유기체니까요. 기계가 아니기 때문입니다.

　정착의 역사를 시작하고 어느 정도 식량을 생산하면서부터 한 일이란 것이 고작 동물을 사냥하던 도구로 동종을 죽이기 시작한 그 교만함으로 자연을 파괴하기 시작한 인간과는 아주 대조적인 모습을 자연에서 봅니다. 확실히 자연을 이용 대상으로 여긴 인간보다 자연은 그릇이 큽니다. 그렇게 이용당하면서도 여전히 인간을 품어 안고 돕고 있으니까요. 그것은 2인자는 1인자를 향해 경쟁의 칼을 들이대기도 하지만, 1인자는 2인자의 어떠한 술수에도 태연히 대처하는 것과 같은 이치입니다. 자연은 약해 보이지만 인간을 능가하는 힘을 갖고 있다는 증거입니다.

얼마 전 우연히 본 작은 뉴스 제목이 생각납니다. '조금 살 찐 사람이 오래 산다.'는 것이 과학적으로 증명되었다는 뭐 그런 내용이었습니다. 그냥 스치듯 지나간 그 기사가 다시 떠오른 것은 바로 어제였습니다. 토머스 모어가 『유토피아』에서 묘사한 이상향에서의 사람들의 가상 생활을 읽던 중, 그곳 사람들은 낮에는 일을 해야 하기에 적당히 먹고, 저녁에는 소화가 될 만큼 쉴 수 있는 데다 그런 후 곧바로 잠들면 되기에 푸짐하게 식사를 한다는 대목이었습니다. 그 순간, 그 기사가 어쩌면 옳은 말을 했을 수도 있겠다는 생각을 했습니다. 모어의 의견을 무조건적으로 신뢰했다기보다는 책의 그 부분만큼은 상당히 합리적이라는 생각이 들었기 때문입니다. 하지만 그 기사가 맞기를 바라는 마음속 어떤 어깃장 때문이었다는 것이 솔직한 심정입니다.

우리 몸속에 있는 창자도 육체적 주인의 노동과 감정을 고스란히 받아내야 할 것입니다. 낮 시간 중에 많은 양의 식사가 이루어진다면, 노동을 받아내야 하는데다 많은 양의 식사 후 소화까지 감당하느라 상당한 스트레스로 인해 곤혹을 겪어야 할 것입니다. 하지만 저녁에는 편안하게 쉴 수 있기에 그야말로 소화만 시키면 자신의 역할을 다하는 것입니다. 그러니 우리 내부에 있는 또 다른 우리 육체를 생각하면 낮 시간 보다는 저녁에 푸짐하게 먹는 것이 좋은 것이겠지요. 물론 그 먹는 양이 어느 정도는 너무 과하지 말아야 하고 너무 늦은 시간대이면 곤란할 것입니다.

그런데 언젠가부터 우리는 우리 몸을 우리와 하나가 아니라, 하나의 대상으로 간주해 온 듯합니다. 살 찐 사람보다는 마른 사람이 선호되는 미적 기준과, 표본과 확률적 지식에 기반하여 만들어진, 마른 사람이 더 건강하다는 어떤 믿지 못할 과학적 기준으로 인해 에너지 대사량이 많은 낮 시간에 푸짐하게 먹는 것을 선호하는 사람들이 생긴 것입니다. 그것은 우리 안에 있는 또 다른 우리 육체인 내장의 입장을 고려하지 않은 것입니다. 제 어깃장은 바로 여기에 근거를 둡니다. 우리 몸 또한 나무처럼 자연의 한 부분이란 것을 생각하지 못한 셈이지요. 아니면 인간은 자연을 넘어서는 대단한 존재쯤으로 여기는 교만함이 서려 있거나 말이죠.

인간은 걸어 다니는 나무입니다. 봄이 되면 나무에 물이 오르듯 사람들 몸에도 물이 올라 소위 나른한 춘곤증을 경험합니다. 겨울옷을 벗고 봄옷으로 갈아입느라 감기까지 걸리는 사람도 있습니다. 어디 그뿐입니까? 여름을 지나 가을이 되어 한창 단풍 구경을 다니는 사람들의 피부 또한 바삭 말라가기 시작합니다. 그러면서 '나무에 왜 단풍이 드는지 아니?'라는 질문을 시작으로 아는 체를 합니다. 하지만 정작 자신의 몸에도 가을 단풍이 든다는 것은 모릅니다. 가을이 되면 사람들 얼굴도 낙엽처럼 수분이 말라갑니다. 그러고는 쩍 쩍 갈라지는 발뒤꿈치에 풋크림을 바르곤 하죠.

자연은 매일 매일이 같아 보이고 매년 매년이 같아 보이는 시간 속에서 인간을 성장시킵니다. 나이가 들며 눈에 띄는 흰 머리가 인간 안에는 태어나면서부터 '늙음과 죽음'이 이미 내재되어 있다는 법구경의 구절을 절절히 생각나게 하더라도, 그래도 인간은 성장합니다. 해가 갈수록 몸의 기력이 쇠해지고 그 수명이 다해가는 중에도, 지연이 선물해 준 인간의 나이테 속에서 생각과 지혜, 용기와 절제가 자라고 있으니까요.

열두 번째 이야기

하나

하나

　노후 일자리를 준비하기 위해 요양보호사 공부를 시작했다. 나이 들어 멀거니 앉아 산소만 호흡하기도 그렇고 밥만 축내기도 싫어서이다. 죽는 날까지 조금이라도 건강하려면 일을 해야 하지 않을까 싶은 마음 때문이기도 하다. 이론 수업을 마치고 요즘엔 실습을 나가고 있다. 마음 각오를 단단히 다지기 위해 본격 실습이 시작되기 전에는 '이것은 봉사하는 거야. 남을 위한 봉사도 당연히 해야 할 판인데, 나를 위한 실습을 못할 게 뭐야?' 몇 번을 되뇌곤 했다.

　실습 첫 날 오전, 요양보호사들이 어르신들의 기저귀를 분주히 갈고 있었다. 일정 시간마다 행하는 작업, 똥오줌이 배인 똥 기저귀를 가는 일이다. 이제 막 삶을 시작한 아기들이 아니기에, 지난 한 생을 살아오면서 온갖 감정과 노고로 내장이 짓눌린 이들의 몸에서 나온 배설물이기에 냄새는 제법 강하다. 게다가 이제 몸의 세포들조차 온통 노화되지 않았는가. 오래되지 않은 과거에 농촌에서 똥지게를 져다 나르던 농부들이 생각났다. 그렇게 하루를 일하면 옷뿐만 아니라 온몸에 똥 냄새가 배이던 사람들. 만약 조선시대식 계급 논리로 따지면 현대판 천민 계층이자 하녀의 역할, 이것이 오늘날 요양보호사의 자리다. 사람들이 요양보호사 일을 가장 기피하는 이유 중 하나가 바로 이 똥 기저귀 치우는 일 때문이니, 인간 내면에 숨죽여 자리 잡고 있는 자존심과 위선에 뿌리를 둔 이중성, 그것을 제대로 느낄 수 있는 셈이다. 드시기는 잘 하지만 대변을 볼 수 없어 매주 특정일 오전마다 관장약을 항문으로 투약 받고 오후가 되면 침대 옆 이동변기에 앉아 어떻게든 변을 보시려는 분은 멀리까지 똥 냄새를 전한다. 자기 몸 안에 늘 안고 다니면서도 깨끗함에 대한 인간의 관념적 오판으로 자주 잊히는 존재, 바로 똥이 인간 밑바닥을 후빈다.

그 첫 실습 다음 날, 아침에 양치하고는 잠들기 전까지 양치를 전혀 하지 못할 만큼 바쁜 일이 있었다. 늦은 밤 칫솔에 치약을 묻혀 닦기 시작할 때 제일 먼저 내 입에서 맡은 냄새, 그것은 연한 똥냄새였다. 하루 중 전혀 느끼지 못하고 살았는데, 똥냄새는 입으로도 나오고 있었다. 의학에 대해 좀 아는 사람들 말에 따르면, 인간의 대장 중 직장 부위에는 최근에 먹은 이삼 일치 음식 분량에 해당하는 대변이 있다고 한다. 그나마 대변을 잘 보는 사람들의 얘기다. 변비가 심한 사람이라면, 먹은 만큼의 변을, 이삼 일치 이상의 변을 몸 안에 늘 지니고 있는 것이다.

결국 변이 내 안에 일정량 있는데다, 구강부터 항문까지 몸의 장기와 기관들이 하나의 통으로 연결되기에 입에서도 변 냄새가 났던 것이다. 컴퓨터에 비유하자면 씨피유니 메모리 카드니 하는 것들이 하나의 메인보드에 달려 있듯이, 신체 내부 구조도 그런 셈이다. 다만 똥을 내어 뱉는 항문과 음식을 먹는 구강이 다른 역할을 하기에 냄새의 강도가 다를 뿐이지, 냄새의 기본 속성은 같다.

3년 전, 16년간 키우던 강아지 '깜시'가 이 세상을 떠났다. 만성 신부전증, 그것이 우리 깜시가 이 세상을 떠난 이유였다. 이미 종기가 몸 안에 퍼질 대로 퍼져 있던 녀석, 그래도 16년간 한 식구로 그럭저럭 살아준 것이 고마웠다. 죽기 일주일 전, 몸에 링거를 꽂고 녀석은 투병을 했다. 이미 치매 상태에 이른 그 아이에게, 내가 예전에 녀석을 예뻐하느라 했던 행동인 목 간질이기를 했다. 그러자 갑자기 눈이 초롱초롱해지면서 나를 향해 고개를 돌리는 것이 아닌가. 그런 후부터 그 아이는 치매환자였던 것이 맞기나 한지 의심스러울 만큼 자기에게 다가오는 가족들을 알아보고는 스스로 다가가려 했다. 치매라는 장막은, 가장 행복했던 시간들이 현실 속에 재현될 때 자연스레 벗겨질 수도 있다는 것, 그때 처음 알았다. 사랑이 치매를 이겨낼 수 있다는 것. 이것은 이 세상을 움직이는 가장 큰 원동력이, 그리고 모든 사람들과 자연을 하나로 묶어주는 것이 사랑이란 것을 말해주는 것이 아니고 무엇이겠는가.

그 깜시의 투병을 보며 담당 수의사는 무슨 생각을 했는지, 나에게 주사를 권했다. 만성 신부전증을 치유할 수 있는 약이란다. 이 세상을 떠날 거라 본인이 예견했던 날짜를 지나서도 살아 있었고, 그것도 예상보다 훨씬 더 초롱초롱한 눈으로 살아있는 것을 보며 내린 결정이리라 생각하고는 아무 이의 없이 따르기로 했다. 그런데 문제는 그날 밤을 지나 새벽 두세 시쯤에 나타났다. 깜시가 온 몸을 비틀며 괴로워했다. 이미 엉덩이 살이 빠질 대로 빠져 걷지도 못하는 녀석이 자꾸 변을 보고자 하여 녀석의 방에 달린 베란다의 똥을 누도록 마련한 장소까지 꼬리를 들어주어 간신히 걸리었더니 시커먼 묽은 똥을 쌌다. 냄새 지독한 그 변을 몇 번이나 쌌다. 그 똥이, 죽음에 임박한 자들이 죽기 직전 항문으로 모두 뱉어 내는 배내똥이었다는 것을 녀석이 떠난 후에야 알았다. 두세 시경부터 네 시까지 온 몸을 비틀던 녀석은 흡사 폭풍을 온 몸으로 맞는 것만 같았다. 마치 지독한 몸살감기나 홍역을 앓는 아이처럼.

녀석이 떠난 그날 모습은 한동안 지워지지 않았다. 당시 수의사는 알고 있었을 것이다. 그 주사를 맞으면 깜시가 결코 살아나지 못한다는 것을. 하지만 분명 그것은 독약이 아니었다. 다만 그 약을 맞고 살 수 있는 녀석이라면 건강하게 살아났을 것이고, 죽을 녀석이라면 죽을 수밖에 없는 것이었다. 우리가 흔히 걸리는 감기 또한 그런 것이 아닌가. 내 몸 안에 있는 백혈구가 외부 균과 싸우는 과정에서 온 몸이 아프고 창자가 뒤틀리는 과정을 거쳐야 회복되는 것. 깜시는 그것을 견디지 못했던 것이다. 결국 살고 죽는 것도 하나의 이치이다. 내게 주어지는 풍랑이 견딜 만하면 살아나는 것이고, 견뎌낼 수 없는 것이면 휩쓸려 죽는 것이다. 바다에 휘몰아치는 폭풍우에도 마찬가지 원리가 적용된다고 한다. 바다 속에 있는 물고기 사체들과 오물로 썩지 않기 위해, 자기 정화를 통해 살아남기 위해 어쩔 수 없이 우주가 일으키는 그 폭풍우를 견뎌내는 물고기들은 살아남고 그렇지 못하면 죽는 것. 이 자연 또한 마찬가지일 것이다. 누군가 죽어야 누군가 태어날 이의 자리가 생기는 법, 자연은 그 생사를 인위가 아니라 이치에 맡긴 것 같다. 살 자와 죽을 자, 자연은 인간에게 그리고 동식물들에게 동일한 기준을 들이대어 가른다. 하나의 이치로.

우주의 원리도 아주 단순할 거란 생각을 한다. 먹으면 싸야 하고, 원인이 있으면 반드시 결과가 있는 것이다. 내가 선을 갈망하여 행하면 행복한 공덕의 그림자를 남기고, 악을 배태하면 누군가에게 고통의 그림자를 던진다. 태양이 없는데 그늘이 생길 리 없다. 태양빛 하나가 양지를 만들기도 하고 나무라는 장애를 만나 그늘을 만들기도 한다. 하지만 태양빛에게 장애인 그 나무가 사람들에게는 편안한 휴식처를 제공한다. 물은 위에서 아래로 흐르고, 흐르다 돌과 같은 장애를 만나면 돌아서 흐른다. 바람은 차가운 곳에서 따뜻한 곳으로 분다. 따뜻한 곳의 공기가 증발되어 버리면 그 자리를 메우기 위해서다. 이 대기를 다 채우는 것이 그들의 사명인 마냥.

이 단순한 원리는 이 세상이 어떤 하나에서 출발한다는 생각을 하게 한다. 그 하나가 매크로한 극대형인지, 마이크로한 극소입자인지는 잘 모르겠지만 말이다. 삶과 죽음이 하나요, 내 몸이 하나요, 내가 내뱉는 공기를 받아주는 나무와 내가 하나요, 다른 이들과 내가 같은 공기를 흡입하며 서로 닮았다는 점에서 하나요, 우리 모두 하나인 우주에서 하나인 지구에서 살아가니 하나이다. 그 '하나'는 이 세상에서 가장 큰 숫자요 가장 큰 하나의 보자기이다. 모든 것을 어떤 형태로든 싸안을 수 있는 그 하나, 그 하나에서 '하늘'이 열리고 '한길'이 뚫렸으며, 서로 닮은 사람들이 살아간다.

그런 점에서 갓 태어난 아기와 죽어가는 이는 하나이다. 아기의 똥 기저귀든 노인의 똥 기저귀든 이 또한 하나이다. 그 단순한 사실을 기억할 때 마음이 좀 더 가벼워진다는 것을 이제 막 요양보호사의 길로 들어서려는 나와 동기들이 기억했으면 좋겠다.

돌보는 대상자가 이 사회에서 동을 틔우는 태양이 아니라 저물어가는 석양이기에 그 자리에 드는 볕의 힘이 약한 것은 어쩔 수 없지만, 자신의 수고로 인한 대가가 눈에 띄는 보상으로 되돌아오기를 바라기보다는 일에 대한 의미 부여로 자기보상만큼은 할 수 있는 자리. 인생의 가장 저문 모습을 가진 사람들 속에서 인생의 무게를 느껴보라고 나에게 다독여 본다. 가장 초라하고 아무도 선택하지 않으려는 그 자리에 진짜배기 인생이 숨어 있기를.

열세 번째 이야기

지렁이 목숨

지렁이
목숨

아침 공기를 한껏 호흡하며 걸었다. 내가 걷는 길이 공기의 흐름과 가장 조화로운 걸음길이길 바라며 걸었다. 그러다 우연히 땅바닥을 향하던 나의 시선, 아주 작은 생명체를 눈에 담았다. 한 생 동안 세상 누구보다 가치 있는 삶을 살면서도 징그러워 보인다며 무시되는 존재. 이외수 선생님은 그를 대변해 이렇게 표현한 적이 있다.

도대체 내가 무엇을 잘못했습니까

그 분의 짧은 시 '지렁이' 전문을 읽으며 무릎을 탁, 쳤던 그 한 마리가 탄천변 산책로 위에 버젓이 앉아 있었다. 빽빽한 대기 속에 몸통만큼의 자국을 선명히 찍어내며 들어차 있었다.

혹시 죽은 것은 아닐까, 라고 생각하기에는 너무나 촉촉해 보이는 피부. 바싹 마른 나뭇잎 한 장으로 녀석을 간질여 보았다. 꿈틀, 살아 있었다. 이제 막 자신의 존재를 강렬히 과시하기 시작한 햇살이 그 여린 생명줄을 끊어 놓을까봐 걱정이 된 나는, 순간 난초를 걱정하셨던 법정 스님이 되어 버렸다. 외출을 하신 스님이 모처럼 만난 햇살에 감격하시다 갑자기 뜰에 내 놓고 나오신 난초가 떠오르자 돌연 햇살이 원망스러워지셨다는 수필 '무소유' 속 그 장면. 결국 갈등하시다 그 길로 당신 머무시던 사찰로 돌아가셨다던 일화 속 걱정이 그대로 내 걱정이 되어 버린 것이다. 어찌해야 할까. 근처 제법 폭이 넓은 마른 잎을 가져다 녀석을 그야말로 죽죽 길가로 밀었다. 그러면서 녀석에게 뱉어낸 말, 좀 아프지? 조금만 참아. 운동하는 몇 몇이 우리 옆을 지나가는 잠시 동안의 시간, 그 아이를 어떻게든 가랑잎 그득한 수풀로 밀어내려던 그 순간들, 마른 낙엽 한 장을 매개로 내 손끝으로 전해지던 녀석이 살아있다는 생명감은 아주 잔잔한 물결의 연민으로 번져왔다. 아니, 소중함으로 번져왔다.

마침내 보내려던 곳으로 보내진 녀석이 머리인지 꼬리인지 모를 것을 한번 휘, 저었다. 자신의 생명이 건재함을 과시하는 그 모습을 보며 나도 흐릿한 미소로 답했다. 앞으로 살아가는 동안 나보다도 이 지구를 위해 훨씬 더 많은 일을 해 낼 녀석. 그 아이를 구했다는 당위적 사명감보다는 이내 생명에 대한 어떤 생각 한 가닥이 미소와 동시에 섬광처럼 떠오르며 내 안은 분주해지기 시작했다. 가던 걸음을 옮길 때마다 생각은 점점 헝클어진 실타래를 만들기도 하고 실패에 말끔히 감긴 모습이 되기도 했다.

그 옛날 성군이 되고자 하는 이에게 요구되는 아주 중요한 덕목이 있었다. 이 세상 누구의 목숨도 자기 목숨보다 못하다고 여겨서는 안 된다는 것이었다. 특히 자기 백성의 목숨은 무엇보다 귀히 여겨야 했다. 왕이 될 이에게는 일자 무지렁이보다 유식하거나 무예가 뛰어난 이가 유용하고, 소수를 희생시켜 다수를 얻는 것이 훨씬 더 효율적일 텐데, 백성 모두의 목숨이 소중하다는 말은 효용 판단을 할 수 없게 만든다는 점에서 뭔가 계산이 잘 되질 않는다.

여태껏 짧은 생각으로는 답을 찾을 수 없었던 옛날의 가르침에, 그 지렁이가 실마리를 던져 주었다. 이 세상 목숨들을, 나의 판단 대상으로서 귀하거나 덜 귀한 것으로 구분하지 말라는 것이었다. 그 목숨들을 바라보는 나의 마음에 이는 연민, 사랑, 귀히 여기는 마음에 답이 있다는 것이었다. 지렁이를 어떻게든 살리고 싶었던 그 순간, 내 마음에 일었던 마음은 이 세상 어떤 것을 대하는 마음과 비교해도 결코 뒤떨어지지 않는 그런 단단함이었다. 아마 내 앞에 과거 우리나라의 위인이 살아 돌아와 내가 그분을 도와야 할 상황이 생기더라도 도우려는 그 마음의 무게가 지렁이를 구하려는 마음과 그리 다르지 않을 것이다. 나에게 보이고 나에 의해 판단되는 대상 자체의 높고 낮음이 아니라, 그 목숨들에 대해 내 안에서 파동 치는 마음이 문제의 핵심이었다. 그런 이유로 무지렁이 한 사람의 목숨 값과 유식자 한 사람의 목숨 값은 결코 다를 수 없을 것이다. 그 누구든 그가 위태로운 상황에서 그 부모나 부모 같은 사람이 겪게 될 심적 고통은 같을 것이고, 자식을 구하고자 하는 부모의 마음이 자연과 우주를 향해 내어 뿜는 간절함은 등가의 무게감을 갖기 때문이다. 하여 자연은 그 모두의 생명에 같은 무게를 부여할 수밖에 없다.

매에게 쫓기는 비둘기 한 마리의 목숨과, 부처의 목숨이 같을 수밖에 없었다는 일화도 그래서 나름 설득력을 갖는다. 석가모니 부처가 전생에 왕으로 태어났을 때의 일화이다. 어느 날 매에게 쫓긴 한 마리 비둘기가 왕의 품으로 날아들었다고 한다. 왕은 비둘기를 품에 안으며 보호를 약속했다. 곧 뒤쫓아 온 매가 원망하듯 말했다.

"왕의 행동은 참으로 훌륭하십니다. 그 비둘기에게는 더할 나위 없는 행운이겠지요. 하지만 그 덕분에 저와 저의 가족은 굶어 죽게 되었습니다."

비둘기의 생명도 소중하지만, 매와 그 가족의 생명 또한 소중했기에 왕은 스스로 저울을 가져와 자신의 허벅지에서 비둘기 무게만큼의 살을 떼어 매에게 주려 했다. 하지만 아무리 달아도 비둘기의 무게만큼 나오지 않았다. 하여 그 무게에 맞추기 위해 자신의 신체부위를 계속 떼어내게 되었고, 결국 신체 모두를 주기로 했을 때에야 비둘기의 무게가 되었다고 한다.

하찮게 여길 수 있는 비둘기의 생명 속에 깃든 생명력과, 한 인간에게 주어진 생명력의 무게가 다를 수 없음을 잘 보여준다. 생물체의 생명에 깃든 무게감이란 것이 결코 눈에 보이는 '양'으로 저울질 할 수 없는 까닭이다.

결국 이 일화도, 성군이 되기 위한 조건도, 세상 작은 생명 하나를 마음으로 보듬을 줄 모르는 자는 결코 더 많은 생명을 진심으로 아낄 수 없다는 말로 귀결할 수 있겠다. 만약 그렇지 않은 자가 있다면 그것은 마음에서 우러난 것이 아니라, 생명을 소중히 여겨야 한다는 배움을 머리로만 기억하는 자일 것이다. 하지만 언젠가는 마음인 척 했던 그 머리가 자신을 배반하는 때를 만나게 될 것이다.

마음이 따르지 않는 머리는 한계가 있다. 인간애가 없는 차가운 머리에서 나온 가짜 연민은 언젠가 들통 나게 마련이다. 역사상 히틀러나 무솔리니처럼 다수를 위해 소수를 희생시킬 수 있다고 공공연히 선언하거나, 누군가를 위하는 척 하면서 기실 자신의 목적을 위해 철저히 이용하는 이중성이 밝혀질 때가 그런 때다.

그런 점에서 자신을 낮추면서까지 사람들에게 마음으로 다가가려 했던 이들은 많은 감동을 준다. 자기 민족을 구하기 위해 철저히 비폭력으로 임하며 자신을 내려놓았던 간디가 그랬고, 불교의 대중화를 위해 스스로 파계까지 하면서 대중들에게 마음으로 다가가려 했던 원효 스님이 그랬고, 자기 백성을 구하기 위해 왕이기를 포기했던 신라의 경순왕이 그랬다. 하지만 그들의 희생은 땅에 떨어져 썩은 밀알처럼 많은 이들을 구했다. 만약 그 상황에서 머리가 작동했다면 그들이 이루어 낸 엄청난 일들은 결코 일어날 수 없었을 것이다. 세상의 가치를 바르게 판단하고 이끌어가는 것은 머리가 아니라 마음이다. 효율을 생각하는 머리가 아니라, 느리더라도 바름을 생각하는 마음이 그래서 강한 것이다.

이 마음의 무게감을 생각했을 때 감히 말할 수 있게 된다. 살아있는 모든 생명은 아름답고 소중하다고. 그 존재에 대한 인간의 판단이 어떠하더라도 존재는 한 생명체이고, 최소한 이 세상 그 누군가에게는 연민과 아픔의 대상이기에 다른 누구, 다른 무엇에도 뒤지지 않는 등가의 무게감을 갖는다. 그 마음의 가치는 어느 누구도 재단할 수 없기 때문이다.

머리로 판단되는 대상적 무게감이 아니라 마음으로 헤아리는 주체적 무게감이 세상을 이끄는 중심이 되어야 한다.

열네 번째 이야기

뿌리로 살아야 한다

뿌리로
살아야
한다

냉이를 캤다. 4월에 접어들며 내 몸에도 봄물이 올랐는지, 슬슬 나물이 캐고 싶어졌다. 사찰이 자리 잡은 산 끝자락, 평지와의 접경쯤에서 냉이를 캤다. 이리저리 눈을 빠르게 옮기며 찾았다. 어렸을 때 자주 캐던 것이라 찾는 것이 어렵지는 않았다.

하나를 찾고 또 하나를 찾고. 그런데 또 하나 찾은 뿌리를 죽 잡아당기자 길게 늘어진 뿌리 끝에 또 하나의 냉이가 달려 있지 않은가. 냉이는 하나의 굵은 뿌리와 잔뿌리들, 잎사귀들로만 이루어져 있는 줄 알았는데, 고구마 줄기처럼 자랄 수도 있다니. 그 뿐이 아니었다. 한 뿌리가 여러 포기로 나뉘어 자라난 것도 있었다. 두 세 포기는 기본이고 여섯 포기까지 분화된 것도 있었다. 뿌리의 그런 특성 때문인지, 냉이는 가까운 곳에서 무리지어 살고 있었다. 냉이 하나를 발견하면 그 주변엔 반드시 또 다른 냉이들이 있었다. 하나의 뿌리에 얽혀 있거나, 서로 다른 뿌리라 하더라도 땅 속 어딘 가에선 연결되어 있을

지도 모르겠다.

잎의 삶을 선택한 녀석이 겉피가 어느새 시들어 버려도, 뿌리들은 강했다. 산 끝자락 절터여서인지, 수십 년간 농약 없이 온갖 나뭇잎 부식토로 자라선지 잔뿌리조차 강했다.

나중에 안 일이지만, 냉이는 늦가을부터 싹을 틔워 이른 봄에 재빨리 자라고 다른 작물이 성장하기 전에 씨앗을 뿌리고는 생을 마감한단다. 가을에 작은 싹을 틔우고 겨우내 땅에 바짝 엎드려 추위를 이긴다고 하니, 그 뿌리가 강할 수밖에 없으리라. 그래서 생명력이 강한 게다.

냉이를 보며 나무의 이치를 읽었다. 냉이의 하얀 뿌리가 그 주변에 가득한 흙으로 인해 겉 색이 변해가는 것과, 나무줄기의 겉 색이 거무스름해지는 것의 원리가 비슷할지도 모르겠다는 생각을 할 때였다.

언젠가 나무 묘목을 키우는 방법을 들은 적이 있다. 보통은 씨앗을 심어 묘목을 만들어야겠지만, 씨앗을 잘 만들지 않는 식물의 경우엔 꺾꽂이라는 것을 한다. 나무에서 가지 일부를 잘라 내어 땅이나 모판에 꽂아서, 원래 눈(芽)이나 뿌리가 나는 자리가 아닌 자리에서 눈이나 뿌리가 나면 성공한 셈이다. 이 원리는 식물이 모든 세포에서 근본적으로 다시 식물을 재현할 수 있는 능력인 '전분화능'이 있기에 가능하다. 어떤 부위에서건 새로이 분화되는 능력이 식물에 있는 셈이다. 결국 이 말은 나무에 있어 뿌리와 줄기의 근본은 같다는 말이다. 다만 어느 것은 땅 속에 묻혀 보이지 않는 뿌리가 되고, 어느 것은 줄기가 되어 태양빛을 직접 받아 잎사귀를 주렁주렁 매단다고 말할 수 있는 것이다.

나무에 있어 뿌리는 기본 중에 기본인데, 음습한 곳에서 늘 눈에 띄지 않은 채 살아가는 것이 억울하지는 않을까, 하는 유치한 생각도 해봤다. 반면 줄기는 일정 부분 잘라내도 상관없는 부분이지만, 잎사귀들 덕분에 사람들의 시선을 한 몸에 받는다.

그런데 그 나무뿌리와 나무줄기가 살아가면서 결국 같은 색을 띠게 되다는 것은 또 얼마나 놀라운 일인가. 속살은 모두 흰색이지만, 뿌리는 흙과 더불어 살면서 흙의 색을 닮아서, 줄기는 세월에 따른 풍상을 이겨내면서 말이다. 추위와 세월로부터 속살을 보호하려 몇 겹씩 동여맨 줄기의 두텁게 갈라진 껍질은 마치 인간과 동물의 피부 거죽을 떠오르게 한다. 살기 좋은 계절엔 사람들과 나무벌레 같은 천적으로부터 살아남아야 하고, 살기 힘든 계절엔 그 힘듦을 어떻게든 견디고 살아남아야 한다는 급박함으로 살아내는 나무들의 삶의 흔적이 두텁게 쩍쩍 갈라진 줄기 속에 숨어 있다.

그러고 보면 뿌리는 현명한 선택을 했다. 비록 하늘을 향하지는 못하지만, 땅속 아래로 아래로 내려가는 삶이지만, 따뜻한 흙과 더불어 따스하게 살아날 수 있고, 긴 냉이 뿌리가 또 다른 냉이를 살려 올리듯 또 다른 삶을 피워낼 수도 있다.

우리 삶에선 무엇이 뿌리이고 무엇이 줄기일까. 남들과의 경쟁에서 어떻게든 이기고 싶었던 마음, 남들 보란 듯이 앞에 서고 싶었던 마음, 남들 앞에선 나름 겸손한 모습을 취하면서도 보이지 않는 내 안에선 비열한 승리의 미소를 그렸던 마음, 그쯤 되는 곳이 줄기가 아니었을까 싶다. 그러고 보면 10대부터 40대 중반을 달릴 때까지 내 삶은 늘 줄기였던 것 같다. 누군가를 위해 내가 가진 것을 선심 쓰듯 줄 때조차도 가장 좋은 것은 숨겨두었던 시절, 그러면서도 가장 아끼는 것을 주는 양 했던 시절, 남들이 나를 바라보는 시선을 은근 즐기며 치장할 거리를 찾던 시절, 그쯤이었던 것 같다.

그런 삶이 언제든 터질 수 있는 풍선이란 것을, 그래서 그대로 땅바닥으로 낙하산 없이 내려올 수밖에 없는 허풍선이란 것을 알게 된 것은 40대 중반을 넘어설 즈음이었다. 아마 그때쯤 내 삶이 뿌리를 찾기 시작한 것 같다. 세상의 풍상으로부터 조금은 편안한 곳, 따뜻한 흙이 나를 감싸주는 곳으로 말이다.

풍선을 선택하는 이유는 아주 다양했다. 학교에서 친구와의 경쟁, 회사에서 동료와의 경쟁, 종교 단체에서 보이지 않는 신앙 경쟁. 이 사회 내 조직과 계층이 어떤 형태로든 살아있는 곳은 모두 풍선의 삶이 존재하는 곳이었다. 트리나 폴러스가 쓴 "꽃들에게 희망을"에 나오는 애벌레의 삶과 나비의 삶은 그래서 삶의 외적 형태로는 규정지을 수 없는 것이라고 자신 있게 말할 수 있게 되었다. 실제 삶을 살아내는 본질적 모습에선 일부 종교지도자나 신심이 뛰어나다고 판단되는 사람이 애벌레일수도, 종교 생활이 형편 없어 소위 '발바닥 신자'라 치부되는 사람이 나비일 수도 있는 것이다.

얼마 전 미용실에 들렀다가 텔레비전 방송 프로그램 하나를 보았다. 마흔 여덟 살이라고 소개된 모 여배우가 젊게 보이는 '동안 팩'을 소개하는 프로였다. 대체로 배우들은 최대한 나이를 줄여서 소개할 테니, 아마 한국 나이로 오십에 접어들지 않았을까 싶다. 그 프로를 보며 의문이 들었다. 내부 창자의 세포들은 노화되어 신진대사가 예전보다 떨어질 텐데, 얼굴만 젊게 보이는 동안팩이 저 나이에 무슨 의미가 있을까, 하는 것이었다. 차라리 그 나이에 삶을 다시 새롭게 바라보고 노후를 준비하는 방법, 같은 것이 나온다면 좀 더 의미 있지 않을까.

나보다 먼저 미용실에 도착해 계시던, 나이 칠십이라는 어떤 어르신과의 대화가 내 생각을 더욱 견고하게 했다. 그간 살아오며 부동산도 제법 했고, 지금도 몇 친 민원을 이용해 주식을 하고 계신다는 그 할머니는, 칠십 먹으니까 아무 것도 할 것이 없다고 하셨다. 이제 죽을 날만 남겨 놓으셨다는 것이다. 그 할머니를 위해 나름 세상은 여전히 할머니를 필요로 하는 곳이 많다고 열심히 얘기했고, 머리를 하고 나가시는 모습을 보며 오십 다섯 살 정도로 보인다고까지 말씀드렸다. 아직은 젊으시다는 것을, 아직은 의미 있는 일을 할 수 있는 나이라는 내 속 마음을 넌지시 돌려 말한 것이었다.

　미용실에서 집으로 오는 내내 '돈'이라는 것에 계속 생각이 돌아갔다. 돈, 그 시작은 물물 교환을 좀 더 편리하게 하기 위한 것이었다. 상업을 활성화시키기 위해서도 그 돈은 필요했다. 그런데 언젠가부터 사람들은 돈을 교환 수단이 아니라, 축적 대상 자체로 생각하곤 한다. 부동산 투자를 넘어 투기를 하고, 주식 투자를 하고, 각종 투자를 한다. 아마도 돈이란 것이 그만큼 '생활'을 하는 데 필요하기 때문일 것이다. 그렇다면 그 돈이 '삶'을 사는 데 있어서도 그만큼의 가치가 있을까. 생활과 삶은 엄밀히 다르다. 만약 돈이 삶에 있어서도 그만큼 중요하다면, 넉넉한 돈을 가진 그 할머니의 삶도 행복해야 마땅할 것이다. 하지만 실상은 전혀 그렇지 않다. 왜일까?
　아마도 돈의 본질적 속성이 교환 수단이기 때문일 것이다. 돈으로 집을 사고 먹을 것을 사고 입을 것을 산다. 돈으로 내가 가치 있게 여기는 것을 구할 때 인간은 행복하다. 그 할머니는 자식 키우고 살아오시면서, 정당한 노동과 투자로 돈을 얻으셨고, 그 돈과 다른 많은 가치를 교환하셨을 것이다. 그때는 아마도 그런 공허함을 느끼지 못하셨으리라. 하지만, 이제 그 돈으로 가치 있는 무언가를 바꾸지 않기에 그런 허무함 속에 갇히신 것이다. 어쩌면 어딘가로 돌아가야 하는 돈이 돌지 못하고 있기에, 그 돈의 무덤에 갇히신 건지도 모르겠다.

　이제 오십 줄에 들어서면서, 가끔은 삶이란 것이 매 순간 선택을 요구한다는 생각을 한다. 그 갈림길에는 늘 돈의 길과 그렇지 않은 길이 있다. 돈을 잘 벌지 못할 것을 알면서도 가치 있다고 여기는 길을 선택한다는 것은 그만큼 돈으로부터 왕따를 당할 각오를 해야 한다. 돈의 노예가 되지 않으려면 돈으로부터 따돌림을 당하거나 그 돈을 초월해야 하는데, 아직 초월할 능력은 되지 못한다.

휘청, 흔들리면서도 나름 의미 있다고 여기는 길을 선택하려는 삶. 그것은 어쩌면 줄기가 아니라 뿌리의 삶을 선택하려는 용기인지도 모르겠다. 애벌레가 아니라 나비가 되려는 용기인지도 모르겠다. 그런데 줄기 또한 자신에게 주어진 삶을 최선을 다해 살아낸다는 점에선 또 다른 뿌리가 아닐까 싶다. 게다가 그 가지 하나를 잘라 다시 묘목으로 심는다면 잘린 가지 어딘가에서 분명 뿌리가 자랄 테니 말이다. 내 안에 뿌리가 내릴 부분은 없는 지 한 번 살펴봤으면 한다. 나이가 사십이든, 오십이든, 칠십이든 상관없이 말이다.

열다섯 번째 이야기

마음이 피워내는 꽃, 지화

마음이
피워내는 꽃,
지화

김 노인은 오늘도 새벽같이 일어나 이른 걸음을 걸었다. 마을에서 가장 가까운 절까지 걸어갔다 걸어오는, 늘 하는 하루의 시작이었다. 한 손에 막내딸이 만들어 준 가방을 들고 자박자박 걸었다.

법당에 들러 부처님께 큰 절 세 번 하고는 가지고 온 가방을 슬며시 열었다. 주위를 한 바퀴 휘 둘러 본 후 예의 그 자박 걸음으로 부처님을 향했다. 손에는 과자 한 박스를 들고. 부처님 앞에서 또 한 번 주변을 둘러본 노인은 부처님 앞에 과자 박스를 놓고 합장했다. 그리고 언제나처럼 삼성각에 들러 꾸벅 반절을 하고 집으로 돌아왔다.

아침을 일찌감치 먹고 느긋하게 손을 놀리기 시작했다. 봄과 여름에 뜯어다 말려 놓은 쑥과 홍화를 꺼내 다듬었다.

"쑥이야말로 장군이지. 쑥이 얼마나 효자인지는 그 옛날 양반들이 다 안다. 땟거리 떨어질 때는 먹을 거였고, 물렁물렁 씹어 상처에 바르면 약이었지."

"올해도 홍화가 야무지게 열렸어."

거실에 앉아 책을 보는 아들이 듣는지 마는지 아랑곳없다는 듯 노인은 주섬주섬 말을 했다.

쑥을 씻는 노인의 품새는 마치 귀한 약초를 대하는 듯 했다. 그 쑥에 물을 넣고 끓이자 독한 쑥 냄새가 올라왔다. 그 냄새 때문인지 책에 코를 박고 있던 아들이 마침내 고개를 들었다. 그러고는 이내 주방에 있는 어머니와 어머니의 행동을 시선으로 따라가기 시작했다. 마치 자신이 가끔씩 지어먹는 탕약에서도 저런 냄새가 나지, 하는 표정이었다. 삼베 헝겊으로 고이 싸인 것에서 쑥색 물이 줄줄 흘러내렸다.

어느 정도 쑥물이 걸러지자 어머니는 한지를 그 물에 집어넣었다. 이제 저렇게 물을 들인 한지는 어머니의 손을 거쳐 싱싱한 생명력을 가진 연꽃잎으로 탄생할 것이다.

녹색 한지가 완성되자 어머니는 당신만큼이나 바삭 마른 홍화 꽃송이를 삼베 자루에 담아 물에 넣고는 홍화의 노란 물을 빼기 시작했다. 마치 한 평생 걸어 온 자신의 발걸음 속에 숨어있는 삶의 때를 벗기듯이 홍화를 박박 주무르며 노란 물을 뺐다. 그러고는 아들이 사다 준 탄산칼륨을 물에 녹인 후 홍화 담긴 베주머니를 옮겨 담아 다시 박박 문지르고는, 물 빠진 홍화 꽃을 건져 냈다. 이제 홍화는 어머니를 위해 자신의 몫을 다한 셈이다. 씨앗에서 싹을 틔워 뿌리와 줄기를 내고 다시 꽃으로 피어 어머니 손에 거두어졌으니. 그리고 자기 몫의 색을 내고 이 세상을 하직했다. 식물만큼 세상을 위해 자신을 철저히 내어 놓는 존재는 없던 그 누군가의 말은 참말인 듯싶다. 아들이 이런 저런 표정으로 어머니를 바라보며 자신만의 생각의 집을 짓는 사이, 어머니는 아들이 사다 준 구연산을 홍화 물에 풀었다.

"야, 이번에도 홍화가 행복하게 죽었나보다. 죽어서도 꽃 거품을 남기네."

어머니는 염색 작업을 할 때면 늘 저 대목에서 꼭 저 말을 했다. 자신을 위해 살아 준 홍화에 대한 보답일까. 아니면 이번에도 염색이 잘 될 것 같다는 기대일까. 아들은 늘 아리송했다.

잠시 후 어머니는 한지를 둘둘 말아 굵은 천 끈으로 듬성듬성 꽁꽁 묶고는 홍화 물에 집어넣었다. 꽁꽁 묶인 부분은 하얀 한지 그대로, 묶이지 않은 부분은 예쁜 분홍색으로 태어날 것이다.

거실 한 가운데 건조대를 놓고 어머니는 염색한 녹색 한지와 분홍색 한지를 고이고이 널었다.

아들이 주섬주섬 일어나 주방에 있는 과자 박스 담긴 곳을 뒤졌다.

"입이 굽굽하냐?"

아들은 대답은 않고 조금 굳은 표정으로 어머니를 돌아봤다.

"어머니, 또 과자 올리셨어요? 가뜩이나 동네 사람들이 뭐라 하는데. 불교 신자들은 우상을 섬긴다, 미신을 믿는다, 그렇게 한 소리들합니다."

염색 한지를 흐뭇이 바라보던 어머니 눈빛이 차갑게 경직되기 시작했다.

"내가 먹는 과자 중에 조금 갖다 드렸다. 부처님께 갖다 드렸다. 내가 절하는 불상이 어디 부처님이라더냐? 그 껍질 벗기면 아무 것도 아니란 걸 나도 안다. 하지만 불성이란 게 원래 공하다 하지 않던. 내 안에 있는 불성도 못 찾는 나인데, 석가모니 부처님 불성이 어디 있는지 어찌 알겠니? 이게 다 그 부처님처럼 생긴 불상 보며 내 안에 있을 부처님 닮은 불성 한 조각 찾으려는 게지."

평시답지 않게 말이 빠르게 나왔다. 그것도 아주 논리적으로. 그것은 어머니가 화가 났다는 증거다. 화가 났거나 아주 기분 좋은 일이 있을 때, 어머니는 말이 빨라진다. 어머니답지 않게 아주 세련된 말을 뱉어낸다. 그럴 때면 늘 화두처럼 질문 하나가 아들 주변을 맴돈다.

'과연 답다는 것은 무슨 뜻일까?'

"그 과자 갖다 올리면 누군가는 드시겠지. 언젠가 보니 행자 스님들 혹독하게 수련하시느라 엄청 힘들다 시더라. 배도 고프다 시더라. 어떤 스님은 한 밤에 둥근 달 보며 보름달 빵을 생각하셨다 하지 않던? 그래서 좀 올렸다. 나보다 그래도 부처님 가까이 가시려는 분들, 조금 덜 배 고프시라고. 내가 석가모니 부처님, 아미타 부처님 실제 뵌 적은 없지만, 그 부처님들 제자 되려는 행자 스님들을 볼 수는 있지 않겠냐? 부처 제자들께 공양 좀 했기로서니, 무슨 우상 숭배고, 미신이더냐?"

아들은 마구 말을 쏟아내는 어머니를 멍하니 바라만 보았다.

거실을 꼬박 이틀간 환히 밝힌 염색 한지들이 삼 일째 되던 날 거실 바닥에서 얌전히 개켜졌다. 어머니는 올해도 어김없이 그 종이로 연꽃을 만들 것이다. 삼십 년 전 먼저 이 세상을 하직한 자신의 언니를 위해 어머니가 시작한 업이었다. 봄에 홍화씨를 뿌려 농사를 짓고 거둔 세월도 벌써 삼십 년이 되었다.

올해도 며칠 후면 찾아올 언니의 기일을 위해 어머니는 연꽃을 준비한다. 주방에서 종이컵 서른세 개를 가져다 거실 중앙에 정하게 깔아놓은 돗자리 위에 가지런히 늘어놓았다. 연필로 종이컵 하나하나마다 외면에 중간선을 둥근 하늘처럼 그리고, 분홍색 한지를 직사각형으로 잘랐다. 녹색 한지도 직사각형으로 잘랐다. 그러고는 직사각형 종이를 적당히 모아서 꽃잎을 만들었다.

어머니는 이어 분홍색 종이의 염색되지 않은 하얀 부분에 풀칠을

해서 종이컵에 붙이기 시작했다. 한 줄에 여덟 장씩 세 겹을 만들 것이다. 어머니는 언젠가 이렇게 말한 적이 있다.

"팔정도를 세 번 생각하는 거다."

한 송이에 팔정도를 세 번 생각하니 서른세 송이를 완성하는 동안 어머니는 아흔아홉 번을 생각하는 셈이다.

세 겹의 분홍 꽃잎을 다 붙이자 그 아래에 녹색 꽃잎을 다섯 개와 네 개로 나누어 두 겹으로 붙였다. 그렇게 해서 연꽃 한 송이에도 서른세 장의 꽃잎을 붙이며, 어머니는 언니의 극락왕생을 빌었다.

사흘 동안 꼬박 만들어진 서른세 송이의 연꽃은 베란다 천장에 매달린 빨래 건조대에 모두 걸렸다. 마지막 연꽃을 걸며 어머니는 아들들으라는 듯이 투박하게 속말을 뱉어냈다.

"누군가를 기억하는 마음은 우상숭배도 미신도 아니다. 믿음의 크기가 어디에 있다더냐? 신들을 줄지어 세워놓고 누가 더 힘센지 힘 자랑 시키는 자가 도대체 누구라더냐? 그럼 그 사람이 하늘이고 신이지. 진짜 부처는 그런 줄 세우기 안한다."

김 노인 집 베란다는 높다란 푸른 가을 하늘을 머리에 이고, 서른세 개 연등 하늘을 펼쳤다.

열여섯 번째 이야기

행복은 사용가치

행복은
사용가치

‘이 명절 휴일에, 나는 350만원 대출이나 신청하고 앉았군!’

스마트폰에 있는 은행 앱을 이용해 신용대출을 신청하던 내 주인이 투덜거렸어.

그것도 안 되면 어쩌려고? 감사해야지!, 나는 이런 말을 해주고 싶었는데, 묘하게도 주인이 내가 생각한 말을 똑같이 중얼거렸어.

잠시 후 영상으로 본인 여부를 판단하는 지, 주인은 휴대폰으로 걸려온 영상 전화에 자신의 얼굴을 비춰주고, 저쪽 누군가가 시키는 대로 신분증 앞면과 뒷면을 번갈아가며 엄지와 검지 손가락으로 집어선 자기 얼굴 아래 부분에 대고 보여줬어.

그러더니, 어휴! 이제 빚이 8,000만원에서 8,350만원이 됐네!, 라는 거야.

8,350만원? 학원 사업을 시작하면서 생긴 그 빚도 그 동안 집 세 채를 모두 팔아 갚을 만큼 갚고 남은 것이니, 예전에 비해 적다고 볼 수

있지.

주인은 350만원이 입금된 것을 확인한 후, 스마트폰을 책상 위에 내려놓고는 멍하니 앞을 바라봤어.

왜 자꾸 빚이 늘지? 나는 정말 최선을 다해 살고 있는데. 지지난 달까지는 새벽 5시에 일어나 아침 7시부터 밤 9시까지 일했는데. 물론 오전 7시부터 오전 9시까지의 요양보호사 일은 시작한 지 겨우 석 달 만에 끝났지만. 그래도 오전 9시 30분부터 오후 4시까지 장애활동보조 일을 하고, 오후 5시부터 학원 수업을 하는 것은 예전이나 지금이나 여전하잖아.

그로부터 나흘 후, 주인은 토요일 학원 수업을 마치고 집으로 귀가하다 안경점에 잠시 들렀어. 안경의 한 쪽 나사가 자꾸 빠지는 게 신경이 쓰였나 봐.

주인이 그 안경점에 들어간 것은 단지 공짜로 수리 좀 부탁해 보려는 의도 때문이었어. 물론 그런 일이 있을 때마다 수리가 끝나면 주인은 안경점 사장을 바라보며, '얼마를 드리면 될까요?' 라고 물어보기는 해. 물론 거짓이 아니라 진심으로. 그러면서도 마음 한 편에선 그 정도 수리는 무료라는 것을 으레 생각하고 있어.

그런데 이번엔 그 전에 만난 사장들과는 달리 제법 똑똑한 사람을 만났어.

사장은 수리는 해 주지 않고, 안경테는 비싸고 좋은 데……, 나사를 끼워 넣는다 해도 며칠 안 있어 또 빠질 걸요?, 라는 거야.

그리고 나서, 이 안경 어디서 맞췄어요? 그곳에 가서 A/S 부탁하세요, 라고 말했는데, 그 말에 주인이 발끈했어.

"A/S요? 며칠 전에도 기서 받았어요. 그런데 이틀 만에 다시 이렇게 되더라구요."

주인의 이 말은 물론 사실이야.

"아마 그곳에서는 그냥 기존 나사를 다시 끼워줬나 보네요. 이 나사, 원래 길이보다 이 만큼이나 짧아요."

하더니, 다른 나사와 주인 안경의 나사를 비교해 보여주는 거야.

"그럼, 왜 그곳에선 그렇게 A/S 했을까요?"

"이건 정품을 만든 본사로 보내서 수리를 받아야 하는 거라, 빨리 처리해 드리기 위해 그랬을 거예요."

"제대로 A/S 받는데 며칠이나 걸릴까요?"

"아마 보름쯤요?"

네?, 그 순간부터 주인은 이성을 잃고 감정적인 판단을 하기 시작했어. 가뜩이나 여러 곳으로 발품 파는 것을 싫어할 만큼 단순한 데다, 보름씩이나 기다려야 한다는 생각에, 며칠 전부터 다초점 안경을 쓰고 싶다는 욕망이 계속 마음 밑바닥에서 꿈틀댔던 터라 더욱 그랬을 거야.

게다가 사장이 또 다시 주인을 건들었어.

"이 안경, 렌즈가 테에 맞지도 않아요. 테가 너무 작아 억지로 끼웠어요!"

"그때 렌즈와 테를 같이 했었는데요!"

그 말을 내뱉는 동시에 주인은 안경을 새로 하겠다는 폭탄 선언을 해버렸어. 이것저것 생각하는 것이 귀찮았던 거야.

새로 안경을 하기로 결정하자, 주인은 무조건 싼 것으로 하겠다면서 1만원짜리 안경테를 찾았고, 사장은 1만원짜리는 콧잔등에 붙이는 안경 받침이 없어 시야가 좁아진다는 말을 하면서, 저렴하면서도 좋은 것을 골라드릴게요, 라더니 8만원짜리를 보여줬어. 원래는 10만원인데 깎아준다는 말과 함께, 이것 보세요! 이렇게 해도 돼요, 라면서 안경 다리가 좌우로 잘 휘어지는 탄력성을 가지고 있는 점까지 보여줬어.

아, 좋네요!, 주인은 더 이상의 비교 없이 그것을 선택했어.

내 주인은 원래 그래. 옷을 살 때도 자신의 마음에 들면 같은 디자인을 색깔만 다르게 해서 몇 개씩 사고, 다른 곳으로 더 다녀보지를 않아. 어느 정도 예상한 선에서 가격이 적당히 맞고 품질이 마음에 들면 그냥 질러 버려. 7년 전까지 회사 다니며 연봉 5,800만원 받던 시절의 세포 속 기억이 연 소득 2,200만원인 지금도 몸 안에 남아 있는 거야.

잠시 후 사장은, 렌즈는 무거운 걸로 할까요? 가벼운 걸로 할까요?, 물어봤고, 주인은, 무거워도 상관없어요. 무조건 싼 걸로 해 주세요!, 라고 대답했어. 당연히 10만원 정도일 거라 예상하면서. 그 안경점에 들어가서 얘기하던 중에 사장이, 싼 것 중에는 10만원짜리도 있어요, 라고 말했었거든.

그런데 사장은 어떤 책자를 턱! 펼치더니, 그동안 안경을 여러 번 하셨을 테니 잘 아시겠지만, 으로 서두를 열고는, 이 다섯 개 중에서 이쪽으로 가면 가격이 싼 대신 시야가 이렇게 좁아져요. 아주 답답하죠. 물론 이쪽으로 가면 아주 좋지만 가격이 아주 비싸요. 그래서, 저는 이것을 권해 드립니다!, 라는 거야.

그래요?, 주인의 목소리에서 조금 자신감이 없어지면서 약간의 두려움이 느껴졌어. 왠지 가격이 비쌀 거라는 생각을 했나봐.

주인은 조심스럽게 물었어.

"그런데 가격이 얼마나 될까요?"

원래는 40만원인데요, 사장이 조금 뜸을 들이더니, 35만원에 해 드릴게요!, 라며 목소리를 높이고는 바로 신청서를 가져와 쓰기 시작했어.

성함이 어떻게 되나요?, 하더니 잠시 후, 전화번호는요? 010 여기까지는 같을 테고, 그 다음만 불러주시면 되겠네요, 사장은 아주 친절하면서도 자신감이 넘쳤지. 겉으로는 아무렇지 않은 듯했지만 속으로 낙담한 주인의 뒤표정을 읽었을까?

결국 테와 렌즈 값을 더한 43만원을 2회로 나누어 체크카드로 1회분 20만원을 결제했어. 나머지는 안경을 받을 때 주기로 했지. 그때 나는 주인 손에 들려 그 사장에게 건네졌다 다시 주인에게 돌아왔어. 주인의 통장에서 20만원을 털어내는 작업을 하도록 도운 셈이지!

그런데 그 다음에 문제가 일어났어.

안경점 사장이, 그럼 새 안경이 올 때까지 임시로 쓰실 수 있도록 이렇게 해 드릴게요, 라더니 스카치테이프로 나사가 빠질 수 있는 곳을 꽁꽁 동여맸어.

그때부터 주인의 마음은 다갈래로 갈라졌어.

그래, 저렇게 하면 됐는데! 안경을 물로 씻는 것도 아니고. 설사 눈, 비를 맞는다 해도 다시 동여매면 되잖아!

그렇게 속상한 마음 옆 켠으로, 스스로를 어떻게든 위로하려는 마음이 간신히 고개를 들었어.

그래도 다초점이잖아. 이제는 읽거나 쓸 때 노안 때문에 안경을 벗을 필요도 없어. 얼마나 좋아?

그래도 속상한 것은 어쩔 수 없었나 봐. 그날부터 다음 날까지 내내 안경 생각만 했어. 그러더니 과감히 휴대폰과 지갑을 책상 위에 올려놓고는 분류 작업을 시작했어.

주인이 늘 갖고 다니는 휴대폰의 케이스에는 선불 교통카드와, 잔고를 0원으로 만든 체크카드 한 장만 들어갔어. 그 체크카드는 만일을 위해 사용해야 할 후불교통카드 기능을 갖고 있었거든. 혹시나 마음 약한 주인이 또 냅다 일을 저지를까봐 통장의 잔고를 다른 계좌로 이체시키고는 0원으로 만든 거고.

나를 포함한 체크카드들과 신용카드는 모두 지갑에 갇혀 주인의 책상서랍으로 들어갔어.

이제 주인은 마트에 갈 때 나를 포함한 다른 카드를 데려가는 것을 극도로 두려워하기 시작했어. 이번 달에도 이렇게 많이 썼어?, 책상머리에 앉아 스마트폰 앱에 나타나는 카드결제내역을 뒤적이고는 이런 말을 곧잘 내뱉으면서.

안경비 1회분을 지불한 지 사흘이 지난 후 학원에서 써야 할 종이컵과 물티슈가 떨어져가고 있었어. 비상 식량인 컵라면과 우유는 아예 떨어졌고.

그런데 주인은 예전처럼 쉽게 카드로 물건을 살 생각을 하지 않았어. 고민고민하더니 나를 데리고 근처 은행으로 가서는 1만원을 찾은 뒤, 다시 나를 집에 놔두고는 마트에 혼자 갔어.

나중에 집에 와서 하는 말이, 진짜 큰 일 날 뻔했어. 카드를 가져가지 않았으니 망정이지!, 라는 거 있지.

주인이 중얼거리는 말을 종합해 보니 상황은 이랬어.

마트에 갔더니, 주인이 평상시 먹는 제일 저렴한 씨리얼보다 비싼 것이 소위 '1+1'으로 묶여 두 봉지가 결과적으로 아주 저렴하게 전시되어 있더라는 거야. 하여 아무 생각 없이 두 봉지를 꺼내 들고 계산대로 옮기려는 순간 생각이 나더래. 자기 수중에는 1만 원 밖에 없다는 것이, 카드가 없다는 것이 말야.

그래, 내겐 지금 카드가 없지, 라면서 다시 내려놨대.

그렇게 알뜰하게 샀는데도 결국 10,520원을 결제해야 했대. 하여 휴대폰 케이스에 있던 비상금 1천원을 꺼내 썼다나?

그날 집에 와서 느긋하게 보이차를 마시며 중얼거렸어.

그래, 아직도 씨리얼이 이렇게나 많이 남았는데. 이게 다 떨어질 즈음에는 또 좋은 이벤트가 있을 거야. 휴! 정말 큰 일 날 뻔했어.

오늘 아침, 식사를 한 후 요구르트에 맥주 효모랑, 유산균 먹이라는 프리바이오틱 가루를 타 떠먹으면서 주인이 기분 좋게 웃었어.

왜 풍족하다는 생각이 들까? 왜지? 나는 돈이 없는데…….

그리고 저녁에는, 선물로 받은 루이보스 차를 마시며 또 중얼거렸어.

왜 이렇게 풍족하지? 가난하지만 풍족하다는 말이 딱 이 상황인 것 같은데, 도대체 뭐지? 물론 다음 달부터 결제해야 할 카드 빚이 줄어들 거라서 마음 편한 점도 있겠지만…….

그러더니, 이것저것 생각에 빠졌어.

예전에는 주말마다 주례행사 하듯 대형마트에 갔었지. 5만원, 7만원, 10만원어치를 아주 우습게 샀어. 그렇게 사 와선 냉장고와 여기저기에 처박았지. 그야말로 처박았어. 그러다가 무엇이 어디에 있는지조차 모르다가 유통기한이 다 지난 것을 발견하고는 쓰레기 종량 봉투에 담아 버렸지.

그런데 지금은 겨우 1천 원짜리 물티슈가 소중하고, 누군가에게 얻어 마시는 이 차가 고마워. 왜지?

주인은 한참을 궁싯거렸고 마침내 결론을 내렸어.

그래! 물건의 시장가치와 사용가치가 다른 거야. 나는 신용카드 세대이고, 첫 월급으로 통장에 들어온 돈도 카드로 찾았지. 월급날 돈이 들어오면 늘 카드대금으로 고스란히 다 빠져 나가는 시간들을 보냈어. 신용카드가 아닌 체크카드를 쓰면 씀씀이를 줄일 수 있다고 말들을 하지만, 그렇지는 않았어. 이상하게도 카드만 손에 들었다 하면 잔고가 얼마 남았든, 다음 달 얼마를 대출내야 하든 질러버렸지. 하지만 현금은 달랐어. 통장의 현금을 찾아 쓰면, 자동이체 등록한 것들이 잔고 부족으로 연체될까봐, 늘 조마조마하며 살아온 흔적인 게야.

Credit Card 세대! 나는 그 C세대이고, 그래서 내 씀씀이를 통제하지 못했던 거야. 수입보다 늘 지출이 많았고, 하여 몇 달에 한 번씩은 몇 백만 원씩을 대출 내면서.

그런데 그 카드를 버리고 나니 비로소 내 손에 들어온 물건들이 고 맙고 감사해. 이것이 사용가치이겠지. 내가 느끼는 이 풍요로움과 풍 족함은 이 물건들이 내게 와서 자신의 존재 의미를 온전히 발휘하기 때문일 거야.

열일곱 번째 이야기

산 자들이 행복할 때 죽은 자도 행복하다

산 자들이 행복할 때
죽은 자도 행복하다

재사에 참여한 이들이 행복할 때 재사에 초대된 죽은 이들도 행복할 것이다.

2019년 10월, 인생으로 치면 죽음이 가까워 오는 계절의 토요일 어느 하루, 죽은 이들을 좋은 곳으로 보내려는 소망이 담긴 의식에 다녀왔다. 오전 9시부터 오후 5시까지, 중식 시간을 제외하면 대략 여섯 시간 넘게 진행된 재의식이 지겹지 않았으니, 죽은 혼들도 행복했을 거라는 생각을 했다.

부처님께서 살아생전 인도 영취산에서 법화경을 설하시며 많은 이들을 발심시켜 깨달음을 얻게 했다는 역사적 사건을 재사로 구현한 영산대재.

그 재사의 1부는 부처님께 재를 올리는 것이 주 내용으로 재사의 원형을 그대로 복원하는 것을 목적으로 하지만, 2부와 3부는 1부의 정신을 민족문화에 맞게 변주했다는 점에서 새롭게 다가왔다.

물론 사찰마다 다른 형태로 진행될 수 있겠지만, 내가 다녀온 사찰에선 그렇게 진행했다.

인간이 생각할 수 있는 모든 신들을 모신 것으로 여겨지는, 신들의 무리인 신중단 앞에서, 스님들은 영매가 되어 우주와 죽은 혼들을 이었다. 무당들이 인간을 대신하여 하늘에 간절하게 기도하듯이.

불교가 한반도에 들어온 후 기존에 자리 잡고 있던 무속신앙을 흡수한 흔적이리라. 한자를 모르고 깨달음이니 수행이니 해탈이니 하는 것은 모른 채, 현세 구복적으로 살다가 그래도 죽어 좋은 곳에 태어나기를 바라는 어리석은 민중들을 위해 할 수 있는 최선이었으리라.

살아있던 동안 영원한 줄로만 알고 세상에 집착하던 망자인 영가들을 향해 스님들은 이제라도 깨달으라고 다독였다.

죽으면 근육과 뼈는 흙으로, 핏줄과 고름 같은 것은 물로, 열정적으로 살았던 혈기는 불로, 그 모든 것을 움직였던 숨은 공기로 돌아가는 것이 이치이니······.

제법무아, 제행무상을 깨달으라는 것이다.

이 세상 어떤 것도 나라고 결정적으로 말할 수 있는 것은 없으니, 이 세상 어떤 것도 불변하지 않아 무상하니, 이제 세상 집착 내려놓고 마음 편히 떠나라고.

그래서 영산대재는 죽은 이들은 극락으로 인도하고, 망자를 깨우치려는 가르침을 듣는 산 자를 깨닫게 함으로써 불법의 이치를 가르치는지 모른다.

제 행을 포함한 인간의 삶 자체가 무상함을 가장 잘 알 수 있는 때가 죽음과 관련된 시간이니, 영산대재는 산 자를 가르치고 깨우지세 하는 훌륭한 교육장인 셈이다.

입으로 올리는 그 다독임의 기도와, 온몸으로 춤을 추며 올리는 기도, 태평소를 불어 올리는 기도, 그 모든 것은 공양이 되어 이 우주를 감동시키려 했다. 오늘날의 모든 예술의 기원을, 하늘에 지사 지내던 원시 제사 의식에서 찾는 것은 그런 면에서 동의할 만한 의견이다. 과거의 원시제사도, 불교의 재사도 종합예술이다.

지름 54센티미터의 유기로 된 바라가 스님들의 양손에 들려 너울거렸다. 발과 어깨가 함께 춤을 추며 양손의 바라가 챙, 하고 울리면서 합장을 하고, 스님들마다의 개인적 신체 조건과 기도 방식에 따른 제각각의 바라춤이 울려 퍼졌다.

어느 누구도 똑같지 않지만 어느 누구도 다르지 않았다. 획일적이지 않은 춤 속에서 우주의 이치인 공(空)이 춤을 추었다.

감동을 마음으로 따라가다, 마치 길의 끝에 또 다른 길이 있듯이 재사를 흥겹게 만드는 영매의 마음 길에 가 닿았다. 그 옛날 신기가 강한 무녀일수록 세상 욕심과 거리가 멀었듯이, 마음이 순수하고 깨끗해야 우주의 마음을 움직여 영가를 천도하기가 쉬울 거라는 생각을, 돈도 권력도 자존심도, 아는 척 하고픈 아상도 자기 교만도 내려놓아야 하늘과 인간을 투명하게 이을 거라는 생각을 하며, 나는 앞으로 어떻게 살아야 할까를 떠올렸다.

그런 생각이 간간이 간헐적으로 일어나다, 문득 '저 기도가 왜 흥미로운 볼거리로 보이는 거지?' 라는 생각으로 바뀌자, 마치 당연하다는 듯 생각은 민족문화와 전통으로 옮겨갔다.

바라라는 악기가, 무속신앙에서 모든 망자들을 극락으로 인도한다는 바리데기 공주의 이름과 유사하다고 생각하며 내가 억지를 좀 부려 영산대재와 민족문화를 연결한다 해도 궤변이라고만 할 수는 없을 것이다.

악기 이름에서도 춤의 모습에서도 재의식에 민족문화가 흡수된 것 같다는 생각을 하면서, 우리 선조들의 문화가 어떠했을지를 짐작해 보았다.

고려시대 때 있었다는 팔관회만 보더라도, 기본적인 재사를 지내고 모든 민중은 그 재사를 이유로 삶의 여유를 즐겼다고 한다.

우리나라에 있었다는 영고니, 무천이니, 동맹이니, 단오제, 시월제 등등 모든 제천행사들은 하늘에 제사를 지내고 사람들을 편히 쉬게 하면서 즐겁게 놀도록 놀이마당을 제공했을 것이다.

재사가 즐거우면 참석한 산 자들도 집중하여 잘 보고 잘 듣고 잘 깨우치고 정성들여 영가를 기억할 테니, 영가들도 즐겁게 깨우치지 않을까?

그래서 우리 민족은 누군가가 죽으면 흰색 옷을 입었다. 산 자의 입장에서 느끼는 슬픔보다는, 죽은 자가 태양 빛처럼 밝은 곳으로 가기를 바라면서. 우리 민족을 배달의 민족이라 하는 것도 그 '밝다'에서 연원한 것임을 후손들은 얼마나 알까? 우리 민족이 백의민족이라 불리는 까닭도 모르는 초등학생들이 대부분인데.

우리의 유전자에 박힌 전통문화와 그 정신이 아주 쉽게 시간 속에 묻혀가는 것이 너무나 아쉽게만 생각되는 영산대재 시간이었다. 뿌리가 약해지면 가볍게 뽑히는 것이 자연의 이치가 아니던가!

열여덟 번째 이야기

템플스테이를 통해 삼매의 길을 걷다

템플스테이를 통해
삼매의 길을 걷다

해풍이 세월을 씻었다. 간월암 처마 밑 단청이 흐릿하니 바랬다. 흐릿해지는 시간 동안 이곳을 찾았을 숱한 사람들의 세상 때는, 목조로 몸체를 삼으신 저 보살님께서 씻으셨겠지. 미소 지은 채 묵묵히 내려다만 보시는 관음전의 주인은 말이 없으셨다.

말이란 것이 굳이 입으로만 하는 것은 아니라던가!

최근 읽고 있는, 자현(玆玄) 스님의 "사찰의 비밀" 속 한 구절의 내용을 확인코자, 이곳 법당에서도 여전히 눈을 휘둥그렇게 뜨며, '어디에 있지? 도대체 어디에 용이 그려져 있다는 거야?' 라던 내 눈이 갑자기 열리며, 법당 안 기둥에 숱하게 그려진 것들이 바로 용의 비늘임을 알아본 것을 보면.

보관을 쓰신 보살님께, 아무래도 관음전에 계시니 관세음보살님일 것 같은 분께, 얌전하니 감사의 미소를 올리며 마당으로 나섰다.

마당에서, 이곳을 찾은 많은 관광객들 중에 함께 나들이 나온 불교문예작가회원들을 쉽게 찾을 수 있었다. 특별한 표식이 있어서라기보다는 인식의 힘이리라. 아는 것은 그만큼 보이게도 한다. 관세음보살! 세상을 '눈'이라고 하는 한계가 있는 감각적 기관으로 보는 것이 아니라, 인지와 마음의 눈으로 세상의 소리를 본다는, 말도 안 될 것 같은 말은 그래서 진실인 게다. 사람들의 비통에 찬 소리를, 그리고 비통에 찰 것 같은 소리조차 미리 알고 계시기에.

불교문예작가회원들은 2018년 5월 6일부터 이틀 동안 서산 서광사에서 부처님오신날 맞이 봉축 낭송회를 열었다. 서광사의 주지인 도신(道信) 스님이 노래를 통해 자신의 사명을 살아왔다는 점에서, 음악과 문학이 예술이라고 하는 같은 범주의 울타리를 갖고 있다는 점에서 이유 있는 인연이었다.

본 행사는, 불교문예의 세 번째 동인지 『야단법석 3』의 출간을 자축하고, 불교문예출판부를 통해 책을 출간한 최문영(崔文榮) 작가의 소설 『대웅을 기다린, 이차돈』과 『무명꽃을 만난, 인간컴퓨터』, 정량미(鄭良美) 시인의 시집 『제비꽃, 하늘을 날다』의 출판을 기념하는 자리이기도 했다. 나름 불교적 정신과 특색을 담은 자기 노력의 결실을 세상에 내고 싶었던 이들에 대한 축하였다.

더불어 회원 30여 명의 시낭송회와 김동수(金東洙) 백제예술대 명예교수의 문학 특강이 진행되었다. '한국현대문학사 다시 써야 한다 – 일제침략기 민족시가의 한 흐름' 이라는 주제로 진행된 본 특강은 기존의 식민 문학 중심에서, 비록 투박하고 성글어 예술적 가치는 약하더라도 주체적 민족정신을 담아내려 했던 재외 망명 문학 등을 우리 문학사에 포함해야 한다는 김 교수의 생각을 담고 있어 특별했다. 우리 문학의 범위에 대한 재설정이 필요함을 생각하게 하는 시간이었다.

낭송회가 진행되는 중간중간의 여백을 메운 축하 공연 또한 다채로웠다. 가수 이동원(李東源)의 혼이 담긴 노래와 가야금 병창, 오카리나 연주 및 해금 연주, 한국무용 등은, 우천으로 인해 서광사 뒤편 숲길에 전시된 시화들 옆이 아니라 실내에서 진행된 행사의 아쉬움을 안고 있던 참석자들을 달래며, 편안하면서도 행복한 시간을 만드는 데 일조했다.

축하 공연을 마친 가수 이동원(李東源)은, 함께 사진 찍어 줄 것을 줄지어 요청하는 문인들과 기꺼이 사진을 찍고는 바쁜 일정을 소화하기 위해 서광사 문을 나섰다. 그가 떠날 때 '나름 특색 있는 노래를 불러오셨잖아요. 다른 가수들이 유행가를 부르며 온갖 가요 프로그램에서 1등을 하고 인기를 누릴 때, 어떤 심정이셨어요?' 라고 던진 질문에, '저는 유행가 가수가 되기를 원치는 않았습니다.' 라는 획이 굵은 답변을 남겼다. 나름 자기 고집을 갖고 자기만의 색깔이 담긴 가수로 살아온, 칠십 나이를 바라보는 옹고집의 장인을 보는 듯했다. 어느 정도의 인지도가 생길 때까지 감내해야만 했을 온갖 어려움과 타인으로부터의 질시까지도 자기 안에 사리로 키웠을 그의 삶이 그의 진지하면서도 단호한 표정에서 읽혔다.

어떤 행사도 그렇지만 이 자리 또한 예외가 아니어서 연꽃을 피우기 위해 뒤에서 노력하는 진흙의 존재들이 있었다. 행사를 세심하게 준비하고 진행했던, 보이지 않는 운영위원들이었다. 그들을 보며 뚱딴지같은 생각을 해 보았다. 연꽃만이 아니라 연꽃을 피우기 위해 노력하는 진흙 또한 부처님이 아닐까 하고 말이다. 진흙 자체가 더럽지는 않으리라. 세상의 온갖 것을 모두 품어 안는 것뿐이리라. 그러니 세상 것을 모두 품어 연꽃을 피워내는 진흙이야말로, '더럽지도 깨끗하지도 않은' 공(空) 자체인 반야의 본질적 모습을 갖고 있으리라.

이 반야는 어쩌면 수행을 통해 이르고자 하는 삼매로 가는 길 끝에서 언뜻 느낄 수 있는지도 모른다. 우리가 느낀 그것이 과연 삼매가 맞는지, 삼매란 것이 과연 느끼는 정도로 도달할 수 있기나 한 것인지는 몰라도, 일정 부분은 서로 공유된 속성이 있으리라.

　종교인으로서 템플스테이를 통해 이 사회에 공헌하고픈 것이 무엇이냐는 질문에, 도신(道信) 주지 스님은 말했다. 참가하는 이들에게 그들의 세속적 지위를 떠나 불교의 정적이고도 선적인 정신을 전해주고 싶다고. 한 번에 잘 전달되지는 않겠지만, 지속적으로 행하면 전달되지 않겠느냐고. 요즘의 사람들은 자신을 되돌아보는 삶, 즉 성찰이 부족하단다. 대부분의 사람들이 공감할 것이다. 달리기만 하는 사람들, 멈춤을 모르는 그들에게 멈춤이 무엇인지, 멈춤이 얼마나 중요한지 알게 하고 싶단다.

　이를 위해 스님은 명상 음악 템플스테이를 운영한다. 일 년 중 봄과 가을에 1박 2일로 진행되는 이 행사에서, 참가한 사람들은 즉석에서 작사와 작곡을 해 보고 현장 반주자들의 반주에 맞춰 자신의 노래를 불러 볼 수도 있다. 그야말로 풍류를 좋아하는 한국인들의 유전자를 그대로 활용하는 셈이다.

　그리고 바둑 교실도 운영한다. 집중을 위한 여러 길 중에서 선택한 하나의 방편이다. 이기기 위한 기술보다는, 흔들리지 마라, 자신을 다스려 내려놓아라, 와 같이 정신적인 것을 주로 코칭 함으로써, 고도의 집중력을 발휘하게 하고, 결과적으로는 삼매를 만나게 하는 것이 목적이다. 즉 바둑은 삼매로 가는 유일한 길은 아니지만, 갈 수 있는 한 가지 길은 되는 셈이다. 이 바둑을 서광사에서 운영하는 서광유치원생들에게도 일주일에 두 번씩 가르친다. 비록 빠르게 판단하고 결단 내리고 행하는 세상의 방법과 역행하기는 하지만, 궁극적으로는 자신을 이기는 진정한 자기 삶의 주인이 되어 당당하게 살아갈 수 있도록 할 것이다.

'아무것도 하지 않는 사람에게는 이런 방법들이 도움이 되지 않겠지만, 무언가를 최소한 시도하려는 사람들에게는 도움이 되지 않겠는가?' 라는 주지 스님의 말은, 템플스테이가 추구하는 본질을 압축적으로 보여준다고 하겠다.

서광사의 템플스테이는 다른 지역 사찰과는 조금 다른 방식으로 운영되고 있다. 다르다기보다는 하나를 보탠다는 것이 옳은 표현이다. 예불 참례, 참선, 다도 등에선 별 차이가 없다. 템플스테이 이튿날에 시내 유적지를 중심으로 하는 관광을 시켜 준다는 것이 다르다. 그것을 일러 충청남도 일대에선 '템플스테이 플러스 원(plus one)' 이라고 표현한다. 템플스테이에 하나 더 얹어준다는 의미이다. 10인 이상이 템플스테이를 신청하면 차량을 임대하여 관광지를 돌아볼 수 있게 하고, 유료 체험관 비용을 대주며, 지역 특산물 선물까지 안겨주니, 호응이 좋을 수밖에 없다.

2010년부터 '2010 대충청 방문의 해 사업'의 하나로 진행된 이 행사를 통해 충청남도는 해당 지역의 관광자원을 보여주고 전통 재래시장을 다소 활성화하는 데 도움이 되고, 사찰 입장에선 사람들에게 정신적 도움을 주고자 하는 템플스테이를 좀 더 넉넉하게 진행할 수 있다는 점에서 서로 상생하는 사업으로 자리매김하고 있다.

지역과 사찰간 협력 사업의 도움으로 우리 불교문예작가회원들은 2018 봉축 낭송회를 행복하게 마치고 회향했다. 간월암, 삼매로 가는 길 끝에서 만난 이 간월암에 이르기까지, 개심사를 거쳤고 백제의 미소라 불리는 마애여래삼존불을 거쳤다. 백제의 주춧돌을 그대로 사용하여 조선 시대에 중창했다는 그 개심사에서 회원들이 얼마나 많이 마음을 열었는지, 마애여래삼존불에서 얼마나 많은 평화를 얻었는지는 개인의 몫일 것이다. 그리고 회향길, 연휴 막바지로 인해 막히는 차량 물결 속에서 자신도 모르게 속된 욕이 자기 안에서 나올 수도 있겠지만, 최소한 진흙이 더러운 무명의 세계 자체만은 아니라는 것을 기억한다면, 진흙 자체도 부처일 거라는 믿음만 있다면, 우리의 현실을 부처님이 이 땅에 오실 여래보궁으로 만드는 것이 어렵지만은 않을 것이다. 서광사 뒤편에 자리 잡은 여래보궁에 모신 진신 치아 사리 부처님이 환하게 오늘도 웃으신다.

열아홉 번째 이야기

자연에선 먼지가 쌓이지 않는다

자연에선
먼지가
쌓이지 않는다

때가 낀 마음 때문일까. 언젠가부터 절에 가면 풍경소리를 찾았다.

예전에 다니던 큰 사찰 대신 최근 일 년 전부터 집 가까운 작은 사찰에 다니는 이유도 그 때문일 수 있겠다는 생각을 오늘 문득 했다.

그 절에 달린 한 평짜리 미니 법당. 나는 그중에서도 관세음보살을 연상케 하는 관음전을 좋아한다.

그곳에 가서 삼배를 올리고 온갖 세상 욕심과 푸념을 부처 앞에 늘어놓은 후, 문을 닫고 나올 때면 늘 그 작은 한 평짜리 집의 야트막한 지붕 끝에 매달린 풍경을 톡! 건든다. 댕그렁? 딱히 인간의 언어로 묘사할 수 없는 그 소리가 늘 나를 편안하게 했다.

그러다 욕심이 생겼다.

나도 저 풍경을 가질 수 있을까? 그냥 사야겠다. 아니야, 나는 돈이 없잖아. 스님께, 낡아서 버리시려는 풍경 하나 부탁해 볼까?

무식이 용기를 만들었다. 욕심을 품은 지 삼 일도 채 안 되어 관음전 부처님께 인사드린 후 스님을 찾아갔다.

나이 오십 줄 내지는 육십 줄로 보이는 비구니 스님이 내 부탁이 끝나자마자 마치 기다리셨다는 듯이, 그렇잖아도 풍경이 너무 많아 정리를 하려던 참이었어요, 하시지 않는가!

저를 따라서 오세요.

스님을 졸래졸래 따라 관음전 반대편에 있는 산신각으로 갔다. 풍경 하나에 범종 모양 미니어처 종 하나까지 내려 주셨다. 모두 청동으로 만든 것들이었다.

"담아 갈 것 하나 드릴까요?"

내가 원하던 것을 내어주시고 종무소로 향하시던 스님께서 돌아서셔서 담을 것까지 주려 하셨다.

"아니에요. 그냥 들고 가도 돼요."

스님께선 다시 종무소로 발을 옮기셨다.

석양이 진 후 대기에 가득 찬 연회색 공기를 스님은 회색빛 장삼 자락으로 살짝 가르며 공기처럼 걸어가셨다.

내 손에 들린 풍경은 댕그렁 소리를 냈다. 보란 듯이 들고 오는 풍경을 사람들이 부러워하기를 바라는 어린 마음 또한 풍경 소리만큼이나 내 안에 가득했다.

나는 절에서 이 귀한 것을 구했어요, 외치고도 싶었다.

그런 내 바람에 딱 들어맞게 그 부러움의 말을 듣기도 했다.

"절에서 풍경을 샀나 봐요. 소리가 좋네요."

풍경을 손에 고이 모시고 일 킬로미터 이상을 걷고 지하철을 탔다.

지하철 안에서 선배 작가에게 전화를 했다. 풍경 자랑과 번뇌 한 겹을 늘어놨다.

"이 풍경 덕분에 기분은 무척 좋은데요, 왠지 일생 동안 갚아도 다

못 갚을 빚을 진 것 같아요."

그 말은 사실이었다.

저녁 여덟 시가 넘어 집에 도착하여 저녁거리를 가스 불에 올린 후 물티슈를 몇 장 꺼냈다.

풍경을 들고 온 손으로 휴대폰도 만졌으니, 휴대폰과 풍경, 범종 미니어처를 닦을 생각이었다. 바깥에 매달려 있던 풍경이니 먼지가 쌓였을 테고, 그 먼지가 휴대폰에 옮겨 묻었을 거란 생각이었던 게다.

휴대폰부터 닦았다. 역시나! 약간 검은 먼지가 묻어나왔다.

그런 후 풍경을 닦기 시작했다.

어! 글자가 새겨져 있네. 평평할 '평'자, 그럼 다음엔 '화'자가 씌어 있나?

그 '평'자만 보고 당연히 '평화'라는 단어를 떠올렸던 게다. 그런데 그 반대편에 새겨져 있는 것은 '종'자였다. 평종.

풍경용 종의 상단을 가득 메운 용 한 마리를 닦았다. 그런 후 그 아래로 내려오니 경전의 부분인 듯한 한자들이 빼곡히 씌어 있었다.

젊었을 때 이 작은 글자들을 볼 수 있을 법한 시절에는 풍경의 아름다움을 몰랐는데, 이제 노안이 와서 읽을 수 없는 시기가 오니 그 아름다움을 느끼다니!

번뇌 한 겹이 살짝 마음 안에 쌓이려 했다.

그러다, 다음 순간, 어, 이건 뭐지?, 하는 생각이 내 눈을 물티슈에 고정시켰다.

풍경과 범종은 휴대폰과 격이 다르다는 생각에, 그래도 보잘 것 없는 예절이나마 휴대폰 닦던 물티슈가 아닌 새로운 물티슈로 그것들을 닦고 있었다.

그러니 물티슈에 묻은 먼지를 비교할 수 있었다.

풍경과 범종에선 먼지가 거의 나오지 않았다!

순간의 멍함 속에 생각이 찾아왔다.

그래, 바람 불고 비를 맞아 먼지가 쌓일 틈이 없었겠네! 먼지가 쌓이는 곳은 인간의 인위적 삶의 환경 속인 거야.

다 닦은 범종은 책상 위에 놓고, 풍경은 가난한 집답게 베란다 빨래건조대에 실을 이용해 매달았다.

창문을 활짝 열었다.

꽃샘추위를 끝낸 봄바람이 살랑살랑 불어 들어왔다.

풍경 속 물고기가 천천히 유영했다.

부처의 집에 당당히 있어야 할 풍경이 이 초라한 집에서 나를 위로하다니. 너도 부처구나!

그날 밤 잠들기 전 삼배를 올리다 결정을 했다. 아무런 소리도 내지 못하고 그저 내 집의 장식품으로 변해버릴 듯한 풍경을 보고서였다.

범종은 내가 가끔 타종을 하면 되니까 내 책상 위에서 나와 함께 지내도록 하고, 풍경은 돌려드려야겠어. 베란다 창문을 통해 들어오는 바람이라 봤자, 저 풍경을 시원하게 울리게 할 만큼은 되지 못할 테고, 그러면 풍경이 너무 외로울 것 같아.

풍경. 정확히 무슨 뜻인지는 몰라도, 혹시 부처의 말씀인 경을 바람에 실어 대중에게 전해주려는 의도가 그 안에 담겼다면, 저 풍경이 있어야 할 자리는 여기가 아닌걸. 다른 친구들과 함께, 하늘 향해 들린 처마 끝에 매달려 바람에 몸을 날리면서 자신의 일을 해야 하지 않을까.

인간의 욕심이 먼지를 앉게 하는 거야. 그래서 인간의 문명 속에 먼지가 쌓이는 거야. 필요한 만큼만 소유한다면, 부지런히 쓰이느라 먼지가 앉을 틈이 없을 테지.

마음에 쌓일 뻔했던 먼지들이 바람처럼 씻겨갔다.

스무 번째 이야기

셋이구나

셋이구나

2020년 3월 11일, 아침에 눈을 뜨자마자 시스템이 내 남동생과 사제들을 묶은 이미지를 보내왔다. 소위 인간시스템이란 것이 작동하면서 남동생 이름이 불릴 때면 늘 사제들이 시스템에 로그인하기는 했다. 그 이름이 해당 사람들이 IP를 이용해 접속할 수 있는 포트명이기 때문이다. 이번에도 사제들이 로그인하는가 보다, 라고만 생각하면서 무시해 버렸다.

그러면서 2008년 꿈에 나타나셨던 관세음보살님이 남동생과 나를 엮었던 것이 떠올랐다. 동시에 그것은 사제들과 나를 엮었다는 의미라는 신호가 시스템으로부터 왔고, 그 꿈에서 아련히 먼 곳을 바라보시던 관세음보살님께서 '셋이구나.'라고 했던 말도 떠올랐다.

오랫동안 잊어버리고 있던 그 셋이란 단어를 떠올리면서, 미국에 있는 연구소가 하나이고, 다른 하나는 시스템을 이용해 사람들을 협박하고 이용하던 한씨일 것 같은데, 다른 하나는 천주교가 아니란 말인가? 천주교 사제들이 나와 엮였다면 그들은 셋 중의 하나가 아니라는 말인데, 라는 생각에 골몰하기 시작했다.

집안일을 하며 계속 그 셋에 생각이 머물렀다. 셋? 그 세 번째 셋이 내가 모르는 존재일 리는 없고 내 주변이나 저 시스템에 접속한 누군들일 텐데……, 하고 생각하는 순간, '혹시, 개신교? 혹시 시스템의 소프트웨어 로직 권한을 갖고 있나?'에까지 생각이 미쳤다.

그러고 보니 2012년 이전까지는 종교의 자유를 보장하는 대기업에 근무했고, 자신을 개신교 신자라고 내세우는 사람들과 거의 접촉한 적이 없어 그들에 대해 잘 몰랐다는 생각이 들었다. 만나는 이들이 대부분 종교를 굳이 밝히지 않았고 자신들의 종교 얘기는 당연히 하지 않았을 뿐만 아니라 개종 얘기는 전혀 들어보지 못했다. 최근 장애활동지원일을 하며, 장애인들이 약자다 보니 그들을 상대로 개신교 권면을 하는 이들을 자주 보게 되고 장애인들 중에서도 유독 개신교 신자가 많아 그 종교 사람들의 일상에 접하게 되면서 그들의 특징을 알게 되었다.

저들이 성령에 취한 설교라고 하지만 솔직히 자기감정에 사로잡혀 평정심이라곤 거의 찾아볼 수 없게 말하는 설교, 하나의 주제로 완결된 구조가 아니라 끝없이 많은 정보를 하이퍼링크 시키듯이 연결하는 설교 구조, 유행가도 아닌데 창자를 쥐어짜는 듯하게 감정에 호소하는 찬송가, 최근 만난 개신교 신자들 중 자신이 한 말로 인해 난처할 때면 교묘히 그 말을 다시 반복하면서 다른 단어 한두 개를 추가해 완전히 다른 내용으로 변장시키곤 하던 언어술, 그 모든 것이 시스템의 소프트웨어 로직 방식과 닮아 있었다.

얼마 전에 그만둔 장애활동지원일을 하던 이용자의 어머니도 그런 언어술을 사용하고 있었다.

그 이용자에게 주어진 한 달 시간은 237시간이었다. 그 시간 내에서 활동지원사의 도움을 받을 수 있었다. 나는 그 이용자를 오후 2시부터 도우며 월 120시간을 근무하기로 했다. 오전에 일하는 선생님이 117시간을 근무하는 셈이었다.

근무시간은 곧 급여와 직결된다. 원래 부여받은 시간보다 한참 줄었는지 오전 선생님이 갑자기 일을 그만두어 새로운 선생님을 구하는 과정에서 새로 오실 분이 120시간 이상을 달라고 했다.

차량 이동 지원도 할 수 있고 수영장에 함께 들어가 수중 운동도 도와줄 수 있다는 그분을 놓치고 싶지 않아서인지, 그 어머니는 아침에 좀 일찍 오시고 토요일에 일 좀 더 하시고 하면 설마 120시간이야 안 되겠어요? 라고 말했단다.

딸인 이용자에게 그 어머니가 전화로 전하는 면담 내용을, 스피커폰을 켜 둔 바람에 그 딸도 나도 같이 들었다.

결국 내게 117시간 미만을 주겠다는 의미이고, 내게 120시간을 약속한 지 이 주도 되지 않은 상황이었고, 내 동의도 구하지 않은 상태였다.

생계비 확보가 어려울 것이 예상되자 부랴부랴 내가 속한 센터에 연락해서 오전에 일할 수 있는 곳을 부탁한 후 그 어머니와 근무시간에 대해 말했다.

목사 사모님인 그 어머니는 화장을 하면서 눈 하나 깜빡하지 않고, '120시간은 그쪽에서 요구한 것이지 결정된 것은 아니에요.'라며 교만한 미소를 흘렸다.

나중에, 센터를 통해 구한 새로운 일자리인, 오전 일을 하기로 한 이용자 댁과 면담을 하고 돌아오는 중에 목사 사모님인 그 어머니로부터, 120시간 이상을 달라던 새로 오기로 한 오전 선생님으로부터 갑자기 사정이 생겨 일을 못 하게 되었다는 연락을 받았다며, 새로운 선생님을 구할 때까지 당분간 오전 일도 도와줄 수 있느냐고 했다. 근무시간을 그런 식으로 한 달에 한 번씩 들었다 났다 할 때마다 절묘하게 이미 한 말을 복제한 후 살짝 새로운 단어를 덧붙이기 하여 완전히 다른 내용으로 만들곤 했던 그 어머니 때문에 늘 당황했다.

나중에 그 이용자 일을 그만두기 위해 전화통화를 할 때도, 그 어머니는 '근무시간에 불만이 있었으면, 미리 말씀해 주셨어야지요. 미리 말해 주셨으면 저희가 안 받아들일 사람들도 아닌데. 이렇게 갑자기 그만두시겠다면 어떻게 합니까?'라고 말했다. 목소리에 흔들림 하나 없이. 그러고는 그 집의 일을 그만둔 지 정확히 14일째 되던 날, 시청과 보건복지부 사이트에 민원을 올렸다. 자신들에게 사과하라고, 안 그러면 나를 일 하지 못하도록 자르라고.

센터의 팀장과 함께 그 집을 방문하여 무조건 죄송하다고 말했다. 안 그러면 내 창자가 뒤꼬일 때까지 계속 절묘하게 말에 말꼬리를 이어갈 테니까. 이용자인 그 딸이 민원으로 올린 내용을 내게 보여주었다. 시간 관련해서는 자신은 단 한 번도 관여한 적이 없다는 그 엄마나, 시간에 대해 전혀 말이 없었으면서 왜 시간 얘기를 만들어서 하느냐는 내용을 적은 그 딸은 똑같은 성향을 보여주고 있었다. 그 부분에 대해 사과를 받고 싶다고, 그런 식으로 장애인들을 우롱하지 말라고. 우롱이란 단어와 비슷하게 썼는데, 정확한 단어는 기억나지 않지만, 어쨌든 그들은 자신들 개인의 일을 모든 장애인들로 확장시켜 어느새 자기편을 만들어 나를 공격했다.

시스템의 소프트웨어 작동 방식도 그랬다. 저들의 작업 내용이나 작동 방식이 내게 들켜 시스템이 다운되면, 저들은 다운되기 직전의 복제한 내용을 다시 반복하며 살짝 다른 단어 몇 개를 덧붙이면서 내 인지를 다른 곳으로 돌려 시스템을 살렸다.

시스템을 다시 살리도록 명령어로 입력된 작동 로직이 그랬다. 그 로직을 만든 존재가 인간이니, 그 시스템의 작동 방식은 곧 그것을 만든 인간들이 어떤 성향을 갖고 있는지를 그대로 보여준다. 그 이용인의 어머니가 말하는 방식과 똑같았다.

2012년부터 그들이 작업을 시작하면서, 내가 말을 하거나 전자파로 전해오는 저들의 가상 데이터 음성을 듣도록 할 때마다 내 코 위와 내 눈 주변으로 내 기운을 올리려 했던 것도 이상했다. 나는 그 방식이 너무 힘들어 정신을 차릴 수 없었고, 2016년 낙산사에 다녀온 후 108배와 33배 절 수행을 하며 기운을 끌어내린 후 그때부터 저들에게 대항하기 시작했다.

그런데 내가 접한 개신교 신자들이 주로 듣는 기독교 방송을 통해 흘러나오는 설교 또한 코 위로 기운을 올린 채 약간 뜬 목소리로 말들을 하고 있었다.

게다가 전류를 이용해 시스템 작업을 할 때 인간의 감정을 쥐어짜기 위해 창자와 성생식기 쪽의 신경세포를 이용하는 것도 이상했다. 개신교 예배는 유독 감정적이고 찬송가마저 감정적이다.

그렇다면 그 셋 중에서 세 번째가 개신교 쪽이라면, 왜 그런 짓을 했지?

그런 생각을 하며 하루를 보내는데, 천주교 쪽에서 작업을 시도했다.

그들이 좋아할 만한 한 사람의 인지를 그들에게 보냈다. 그 사람은 한씨가 한 때 좋아했던 여자로, 그자에게서 상처를 받은 후 자신이 천주교 신자였음을 새롭게 깨달은 이였다.

그 사람이 한씨의 경계심을 풀었는지 그들의 방화벽을 뚫고 들어갔다. 시스템을 작동시키기 위한 신경세포 보유자이자 모니터 역할로 이용되던 나는 시스템의 가장 숨은 부분에서 작업하던 인간들의 생각을 멍하니 앉아 읽었다.

미국에서 시스템을 이용해 작업하는 인간들은 전산 관련자들로, 두 명의 뇌 기증자를 통해 남녀 신경세포 한 쌍을 전산화시켜선 소위 인간컴퓨터를 만들었다. 그것으로 시스템에 접속하는 인간들을 이용해 다양한 자료를 수집하고 분석하여 계약을 맺은 곳에 제공함으로써 수익 사업을 벌이고 있었다. 철저히 돈에 의해 움직이는 이들이었다. 지금은 미국의 뇌과학 분야 학자들에게 인간들의 신경세포와 뇌인지 데이터를 제공하고 있었다.

개신교는 그 시스템 작업에 국제 선교 사업을 위한 자금이란 명분으로 거두어들이는 엄청난 돈의 일부를 쓰고 있었다. 그 조건으로 시스템의 소프트웨어 로직을 맡고 있었다. 천주교 주교를 퇴폐한 주인공으로 만들어 소설을 써서 그 내용에 부합되는 시스템을 구동시켰고, 그 거짓이 사실인 마냥 천주교 교황청을 압박했다. 다급해진 천주교 사람들로 하여금 당시 천주교 신자였던 나를 공격하여 그 가짜 소설 내용을 내 기억으로 둔갑시켜 기억을 세탁하듯 세탁을 시도하도록 했다.

천주교는 내 신경세포를 미국에 넘겨주고, 개신교가 그 시스템을 이용해 성령부흥회에서 예언의 은사 받는 자를 공장에서 찍어내듯 만들어 내듯이 나를 예언자로 둔갑시킬 생각을 했다.

개신교는 그 과정을 시스템을 통해 많은 이들에게 공개적으로 보여줌으로써 천주교에 대한 혐오감을 일으켜 신자수를 줄이고 교황청을 압박해서 이미 죽은, 파면당했던 마틴 루터 목사를 복직시키려 했다. 그렇게 해서 마틴 루터 목사가 복직되면, 그 목사가 나중에 결혼을 했듯이, 결혼을 하는 모든 목사를 성직자 반열로 올린 후 천주교의 성체성사를 개신교 예배에 도입하려 했고, 개신교 신자 유입의 주요 요인인 성령 부흥회의 무속적 성향을 지우고 그 비뚤어진 신심을 성체신심으로 전환하려 했다는 내용이 전류에 취한 인간들로부터 흘러나왔다.

참고로 성체는 주교급 이상의 사제들만이 다룰 수 있고, 그 이하의 사제는 주교의 위임을 받아야 한다. 마틴 루터는 파면 당시 주교가 아니었기에 성체를 취급할 권한이 없었다.

결국 그 셋 중의 하나는 개신교였다.

그리고 미국인들은 연구소 직원들이 아니라, 돈독이 오른 전산쟁이들이었다.

　그 며칠 후, 개신교 목사 딸인 이용자의 일을 그만둔 다음 날이었다.
　내 일상에서 개신교 쪽과 관련된 이가 없어지자 시스템 인간들이 급해졌나 보았다. 개신교는 어차피 미국에 자금을 주어야 했고 그것을 중도에서 그만두면 패널티 금액이 엄청나다는 말이 시스템을 통해 들려왔다. 하여 작업을 계속해야 한단다.
　나의 지난 8년의 시간을 저당잡고, 내 가족을 저당잡고, 내 재산을 잃게 만든 개신교에 대한 좋지 않은 감정으로 인해, 그들이 시스템을 통해 내게 접속하려 할 때마다 냉정하게 차단했다.
　그러자 한씨라는 인간이 다급하게 IP로 접근해 왔다.
　'내 돈 줄인데……' 라는 생각도 함께 전해져왔다. 잠시 후 시커먼 옛날 중고등학생 교복을 입은 남자 마네킹 같은 것이 공중에 줄로 매달려 있는 이미지를 통신 신호로 보내왔다. 이렇게 하는 것은 천주교와 개신교가 여자들을 농락했던 자신을 해부하여 여자들의 피해를 줄이기 위해서라는 신호도 함께 보내왔다. 그러니 협조해 달라고.
　바로 그날 밤에 한씨가 다시 작업을 시작했다. 그자가 낮에 보여주었던 중고학생 마네킹 이미지를 떠올려 보았다. 그러자 시스템의 방어 능력이 많이 약해졌는지 그자의 진짜 의도가 읽혔다.
　한씨란 자가 저렇게 시스템 작업에 매달리는 것은 돈 때문이었고, 미국과의 계약이 있었다. 미국은 인간들의 다양한 뇌신경세포 조직이 필요했고, 그것에 대한 임상실험에 한씨가 계약을 했다. 그 대가로 엄청난 돈을 받게 되었지만 대신 자신의 과거 모든 기억이 까발려지면서, 자신의 기억을 세탁하기 위해 제물로 쓸 사람들이 필요했다. 시스템이 전류를 이용해 자신의 기억을 꺼낼 때마다 그자는 AP역할을 하는 다른 인간들의 인지와 창자, 성생식기 신경세포를 공격해선, 그자의 기억이 다른 사람들의 기억인 것처럼 꾸며 기억을 세탁했다.

한씨는 그 조건으로 기계인 컴퓨터를 인간인 것처럼 사람들이 생각하고 착각하게끔 할 의무가 있었다. 그자가 퇴사하기 전에 했던, 실패한 홈네트워킹 사업을 인간의 기계화를 통해 성공시킬 수 있는 기회라고 생각하기도 했다.

하나의 집 안에 있는 모든 전자 제품들을 인간의 인지로 통제하고 그 인간들을 메인 시스템에서 통제 가능하도록 하려면 그 인간들을 철저히 기계화시킬 필요가 있다고 생각했다. 그래야 기계로 하여금 인간의 언어를 알아듣고 그에 따라 실행하게끔 할 수 있을 테니. 기계의 자동화 과정에서 여전히 자동화할 수 없는 것들이 있는데, 그중 하나가 백본 전류를 가져와 기계와 기계에 접속한 인간에게 흘리는 것이었다. 그래서 IP에 접속한 인간들로 하여금 그 백본전류를 '니네 아버지'라는 은어로 부르게 했고, 그 자는 그 신호를 받으면 자신의 신경세포들 중에서 가장 강한 성 생식기 신경세포와 연결된 성 인지로 전류를 시스템에 흘렸다.

재미있는 것은 홈네트워킹을 통해 사람들을 지배하려던 그자가 백본전류의 막강한 힘을 행사하다가 뇌인지를 치매환자 수준으로 만들어버렸다는 것이다. 부처님이 말씀하셨다. 누군가를 죽이기 위해 칼을 들면 자신이 가장 먼저 그 칼에 베인다고. 칼이 상대방보다는 칼을 쥔 자신과 더 가깝기 때문이다.

생각해 보면, 2008년 꿈에서 관세음보살님이 내게 붓을 주신 다음 날부터 이상한 일이 생겼다. 출근한 나는 상무님께 불려가서 그 회사의 전국 싱무들에게 보내는 이메일 편지를 씨 오라는 업무지시를 받았다.

그때 어떤 계기인지는 몰라도 당시 회장님이 내가 쓰는 독후감이나 글을 좋아하셨고, 그 상무님도 내 글을 이용해 회장님께 잘 보이려는 의도가 있었던 것 같다. 당시 그 회사의 임원이었던 한씨 그 인간도 한때 자신의 부하 직원이었던 나와의 인연을 이용해 자리보전을 하려 했던 것 같다. 임원의 자리는 회장의 뜻에 따라 언제든 잘릴 수 있었으니.

그러면서 나는 보잘 것 없는 내 글로 인해 사람들의 주목을 받기 시작했고, 퇴직 후의 돈벌이를 고민하던 그자의 망에 걸렸던 것 같다.

퇴직하기 전인 2010년경부터 내게는 이상한 증상이 생겼다. 길을 가다 남자아이들이 눈에 띄면 갑자기 어떤 기운이 그 아이의 성기를 내 생식기 쪽으로 끌어당기는 증상이었다.

그때 시험 작업이 시작되고 있었다. 어른들보다는 전자파 저항력이 약한 아이들을 상대로 전자파와 IP를 뿌려 시스템 프로그램에 접속시킨 후, 그자의 성인지로 시스템에 전류를 흘렸던 것이다. 시스템에 세팅된 IP와 아이들의 IP를 동일하게 설정했으니, 그자의 성 전류가 시스템에서 잘 작동하는지 모니터로 설정한 내게서 확인한 셈이다.

이렇게 그 셋은 비열하면서도 교활한 작업을 하고 있었다.

2020년 3월 23일부터 나는 그들의 의도를 꺾어달라는 기도를 하기 시작했다.

'인간의 신경세포와 그 조직들을 이용하여 사람들을 통제하려는 저들의 교만과 바벨탑을 부숴주십시오. 교만한 그들을 부처님 손에 맡깁니다.'

2008년에 나는 어떤 운명적 상황에 놓이면서 수도승이 된 꿈을 꾼 적도 있었다. 빡빡 깎은 머리에 회색 장삼을 입은 모습이었다. 당시 불교 신자가 아니었던 나는 그 모습이 낯설었고 의미를 몰랐다.

저들의 전류 작업으로 인해 머리끝부터 성생식기까지의 신경세포들이 저들에게 저당 잡히며, 머리가 깨질 듯이 아프고 가슴과 복부는 가짜 감정으로 늘 가득 찼다. 성생식기에는 시스템에 접속한 인간들의 생식기 신경세포들이 전류로 인해 반응하는 현상이 그대로 고통스럽게 다가왔다.

그 고통에 대응하기 시작한 것이 앞에서 말한 것처럼 2016년 낙산사에서 해수관세음보살을 만나고서부터였다. 2019년 분당 하얀마음선원에서 만난 관세음보살님은 작은 새를 이용해 지경관음과 쇄수관음의 의미를 생각하도록도 하셨다. '경전을 붙들라, 급류에서 구해질 것이다.'

불경을 읽기 시작하면서부터 전류의 힘은 급격히 약해졌다. 시스템이 서양 경전에 대한 정보는 많아 성경을 읽으면 그다음 구절을 알고 있어 단어 단어들을 '성'과 연결해 작업해 왔지만, 불경은 정보도 없고 시스템에 접속한 인간들의 불경 이해력도 약했기 때문이었다. 하여 그들의 창자가 덜 집착했고 그만큼 전류를 덜 끌어왔다.

지금 생각해보면 2008년 꿈에서 본 수도승은 어떤 인연에 의해 불교 신자로 살게 될 나의 미래를 보여주고 있었다. 어쩌면 성모님이 나를 지키기 위해 불교로 이끌었을 수도 있을 테고. 어떤 인연으로 만났든 간에, 관세음보살님, 감사합니다.

*본 작품은, 제가 쓴 장편 소설인 『무명꽃을 만난, 인간컴퓨터』와 연결되어 있음을 말씀드립니다. 본 작품과 이후의 작품에 등장하는 시스템은 AI처럼도 보이고 매트릭스처럼도 보이나, 실은 허접할 뿐인 어떤 인간컴퓨터와 관련된 이야기입니다.

탄허 스님의 통일 예언

탄허 스님의
통일 예언

요즘 코로나19로 인해 한국의 바이러스 대응 능력이 국제적으로 인정을 받자, 그 자부심을 인터넷 댓글에 표현하는 이들이 많다. 그중 탄허 스님의 예언을 언급한 이의 것이 있어 관심을 갖고 살펴보았다.

탄허 스님께서, 언젠가 우리나라가 세계 정상급 국가가 될 거라고 했던 발언이 중심이었다. 그런데 그 예언에 관심이 많던 어떤 이들은 '여자 임금이 나온 후 우리나라가 통일이 된다고 했는데, 여자였던 박 모 대통령은 내려왔잖아!' 라는 이들도 있었다. 그 스님의 예언이 틀렸다는 말을 하고픈 게다.

국가적 위상이 높아질 거라 했던 말이 왠지 지금 시점과 연결되는 듯하기는 한데, 여자 임금 예기로 비추어 보면 그 스님 말씀이 믿을 만하지 않다는 것이다.

그래서 인터넷을 통해 관련 내용을 찾아보았다. 조선일보의 2015년 1월 5일자 신문에 「조용헌 살롱 − 월악산의 통일 예언」이라는 제

목 하에 다음과 같은 내용이 실려 있단다.

'월악산 영봉 위로 달이 뜨고, 이 달빛이 물에 비치고 나면 30년쯤 후에 여자 임금이 나타난다. 여자 임금이 나오고 3~4년 있다가 통일이 된다.'

박 모 전직 대통령이 대통령에 당선되었을 때 그 예언을 떠올린 이들이 많았나 보았다. 막상 재임 중 중도하차를 하게 되자 사람들은 자기 입장에 따른 말을 하며 그 예언과 자신들의 신념을 연결시키려고 했다. '여자 임금이 나오고'는 '대통령에서 물러나고'로 해석해야 된다면서까지.

그 부분을 생각하며, 늦은 아침 식사 준비를 위해 감자 수제비를 끓이려 끓는 육수에 반죽을 툭툭 떼어 넣고 있는데, 무심코 의문 하나가 내 안에서 떠올랐다.

'왜 여자 임금이 여자여야만 하지? 여자 같은 남자 임금이라는 생각은 왜 안 하지?'

달과 관련된 이름을 갖는 월악산의 신령스러운 봉우리 위로 달이 뜨고, 그 달빛이 물에 비친다는 것은, 정확히 수월관세음보살을 말하는 것이 아닌가? 관세음보살은 인간 안에 있는 부처님의 종자인 불성을 발견하고 그 불성을 키워 부처님이 되도록 돕는 불모, 즉 부처님의 어머니이지만, 사실 생물학적인 성은 남성에 더 가깝다.

한국 불교를 포함한 북방 불교가 대승불교 중심으로 발전하면서 깨달음만이 아닌 믿음도 강조하게 되었고, 그러는 중에 관세음보살은 당연하다는 듯이 여성성의 존재로 생각되어 왔다. 그러니 고려시대 때 만들어진 수월관음보살 탱화를 보면 입가에 수염 흔적이 있고 얼굴형이나 인상은 분명 남성성을 보이고 있다.

엄밀히 말하면 여성성만으로도 남성성만으로도 설명할 수 없다고 봐야 한다.

그러니 그 예언은, 포용력이 있고 지혜로워 이해 갈등이 있는 이들이나 집단들을 한데 모으고, 또한 그런 정신에 입각하여 대외적으로도 통일을 위한 국제적 협력을 이끌어 낼 수 있는 이, 절대 빈곤 상태에 빠진 이가 많다는 북한의 주민들이 스스로 남한을 적대시하지 않도록 이끌 수 있는 이, 어찌 보면 고려 시대의 왕건 같은 인물을 뜻할 수도 있는 게다.

예언의 해석은 예언을 한 이의 삶의 범위 내에서 살펴야 한다. 그가 살았던 시대와 장소적 특징을 반영해야 하고, 그 사람의 직업, 종교, 사고방식, 가치관이나 세계관 등을 고려해야 한다. 현대를 살고 있는 우리가 임의적으로 해석한다면 오류를 낳을 수밖에 없다. 예언의 해석은 해석을 하는 이를 철저히 지우고, 예언을 한 이를 완전한 주인공이 되도록 해야 한다.

스물두 번째 이야기

부처님께 공양 올리고

부처님께
공양 올리고

무비 스님께서는 금강경의 종지가 '무주상보시' 즉 상에 머무름 없이 베푸는 데 있다고 하셨습니다.

부처님께서는 하루에 한 번 공양을 하셨는데, 인간 마을로 들어가 일곱 집을 차례로 돌며 음식을 빌었다고 합니다. 일곱 집을 통해 발우 하나를 채우려면 한 집에서 크게 두 숟가락 밥을 떠서 담으면 된답니다.

스님께서는 설사 거지에게 밥 두 숟가락을 떠줘도 그에 대한 보상을 바라거나 그 일이 가슴 깊이 남지는 않을 거라고 하시며, 이것이 무주상이라고 하십니다.

상(相)은 편견, 선입견, 교만, 자만 등 정신적인 색에 해당된다고 생각합니다. 그러니, 누군가에게 보시를 하더라도 내가 그에게 무언가를 베풀었다는 마음 없이 보시하는 것이 무주상보시입니다. 조건 없는 나눔입니다.

이 부분을 읽으며 법화경에 나오는 수기품 장면이 떠올랐습니다.

부처님께서는 제자들에게 언젠가 반드시 성불하리라는 확신을 심어주기 위해 수기를 하시면서, 누구누구는 몇천억 부처님을 공양 공경하고 존중하며, ……그 뒤에도 또 몇억 부처님께 공양하리라. 그런 뒤에 성불하여 ……, 라고 말씀하십니다.

저는 이 부분에 나오는 공양 공경이 누군가가 불성을 찾고 부처님이 되도록 돕는다는 정도로만 생각했습니다.

그런데 이 무주상보시 부분을 읽으면서 갑자기 눈이 떠졌습니다.

비록 걸식은 할지언정 자신들이 대중들보다 수행 정도가 더 높다고 생각하여 정신적인 도움을 주면서, 내면에서 다른 이들과 자신을 차별하는 일이 없도록 하시려는 교육 방식이었다는 생각이었습니다.

부처님은 제자들에게 어떻게 하면 자신에 대한 집착인 아상을 없애도록 할까, 다른 이들이 자신과 다르다는 차별적인 인상을 없애도록 할까를 고민하셨을 것입니다.

사실 우리는 생각을 하거나 대화를 할 때 기본적으로 '나'라는 주체와 주어를 생각하며 자아를 인식합니다. 사회생활을 하는 이상 어쩔 수 없기도 합니다. 하여 그 '나'를 강제적으로 없애기보다는, 나를 낮추고 상대를 높이는 방식을 선택하셨을 것 같습니다. 너가 만나는 모든 이가 부처님이야, 라는 인식을 심어주기 위해서입니다.

그러면서 생각을 좀 해 봤습니다.

길에서 무엇을 파는 노점상이 있고 내가 팔아주기를 바랄 때, 그리고 내가 그것이 필요하지는 않으나 내 주머니에 그 사람이 파는 것을 살 수 있는 여력이 있을 때, 내가 만약 그 사람의 물건을 사 준다면 그것은 그를 단순히 도와주는 것이 아니라, 부처님께 공양 올리는 것입니다.

그리고 혹여 후원하는 어떤 단체가 있다면, 그 후원으로 자부심을 느낄 것이 아니라 그 보잘것없는 후원으로 많은 부처님께 공양을 올릴 수 있음에 감사해야 합니다.

이렇게 생각하고 나니, 세상이 달라 보였습니다. 제 머리에 그려지는 사람들과 세상이 더 없이 귀하게 느껴졌습니다.

부처님은 정말 훌륭한 스승이십니다. 2020년을 살고 있는 저를 이렇게 가르치시니.

지금 이곳에 현존하는 것이 공(空)이다

지금 **이곳에**
현존하는 것이
공(空)이다

금강경 맨 앞부분에 이런 문구가 나온다.

'(세존께서) 공양을 마치신 뒤 가사와 발우를 거두시고 발을 씻으신 다음 자리를 펴고 앉으셨습니다.'

이 부분을 읽고 제법 오랜 시간 동안 생각을 했다. 그러고는 금요일에 외출 나갔다 돌아온 후 세탁기에 넣지 않은 외출복을 얼른 세탁기에 넣었다. 앞으로는 근무 끝나고 집에 돌아오면 부처님께서 발을 씻으셨듯이 곧바로 씻고 내가 해야 할 일을 위해 단정한 마음으로 책상 앞에 앉아야지, 하는 생각도 했다.

부처님께선 수행하시는 분이셨고, 아상을 버리고 세상 물질에 대한 욕심이 생기지 않도록 걸식을 하셨다. 그리고 탁발하러 갈 때나, 예배를 드릴 때, 설법을 할 때 입는 옷이 다 달랐다고 한다.

이 부분을 읽으며 부처님도 인간이셨구나, 하는 생각이 들었다.

이중표 선생님이 쓰신『니까야로 읽는 반야심경』에는 이런 말이 나온다.

'아난다여, 이와 같이 비구는 마을에 대한 생각이나 사람에 대한 생각을 하지 않고, 숲에 대한 생각 하나만을 한다. ……그는 마을에 대한 생각으로 인한 걱정이 여기에는 없다. 사람에 대한 생각으로 인한 걱정이 여기에는 없다. 그러나 참으로 숲에 대한 생각으로 인한 걱정 하나는 있다, 라고 통찰하여 안다. ……그는 그곳에 없는 것을 공으로 간주한다. 그렇지만 그곳에 남아있는, 존재하는 그것은 이것이다, 라고 통찰하여 안다. 아난다여, 이와 같이 하면 그에게 여실하고, 뒤집힘이 없고, 순수한 공성이 나타나게 된다.'

여기서 숲은 수행의 장소로, 인간 마을로부터 너무 멀지도 가깝지도 않은 곳이었다. 물론 수행의 궁극 목적이 숲이라는 것은 아니다. 말씀하시려는 것은, 걸식을 위해서나 이유가 있어, 사람을 만나거나 인간 마을에 갔다 돌아왔다면 내가 지금 있는 이 숲이 아닌 사람이나 장소로 인해 고민하는 것은 수행자로서 바른 자세가 아니라는 것이다. 내가 지금 있는 곳에 마음과 정신으로도 온전히 현존하는 것이 깨달음을 얻기 위한 길에 가깝다는 것이다.

그래서 부처님도 인간이셨구나, 하는 생각을 했던 것이다.

온전히 현존하시기 위해 그때 그때마다 입는 옷을 바꾸셨고, 생명을 유지하기 위해 하루에 한 번씩 걸식 공양을 하시느라 어쩔 수 없이 인간 마을에 갔다 오시면 입었던 가사와 발우를 공양 후에 거두시고, 인간 마을에서 우연히 부딪힌 번뇌나 감정, 상을 씻으시려 발을 씻으셨고, 좌정하신 후 수행에 들어가셨다.

생계를 유지하기 위해 필요한 최소한의 생계비를 버는 것과, 불경과 불교 서적을 읽으며 내 나름의 수행을 하는 것은 내게 늘 고민을 안겨 준다. 한쪽에 치중하면 다른 쪽이 소홀해지기 때문이다. 공부를 선택하면 생계비가 모자라 동생에게 돈을 빌리게 되고, 돈을 선택하면 피곤해서 책을 거의 읽을 수가 없다.

'그래, 중도가 필요해. 돈은 하고 싶은 일을 하기 위한 최소한의 필요악이니 꼭 필요한 만큼만 벌자.'

이런 생각을 하루에도 몇 번씩 하면서도, 공과금 안내 문자를 받거나 월급날까지 통장에서 빠져나갈 돈을 확인할 때면 또 살짝 마음이 흔들린다. 돈을 더 벌어야 하나?, 라는 생각을 하면서 말이다.

그러면서, 부처님 같은 분은 서로 모시려 했을 거야. 그러니 수행만 하면 되셨을 거고, 생계 걱정은 안 하셨겠다, 라는 생각도 가끔은 했다.

그 생각이 바뀌기 시작한 건 어떤 설화를 읽고 나서였다.

부처님을 어떤 분이 자기 집으로 초대했단다. 한동안 모시려고. 그런데 마구니가 그 사람에게 나타나서는 부처님을 집으로 들이면 큰일이 난다고, 그러니 절대 집 안으로 들이지 말라고 했다. 그 말에 그 사람은, 부처님이 집 앞에 도착했음에도 현관문을 잠가버렸다. 제자들과 함께 그 사람의 집을 찾아온 부처님은 그 집 근처에 있는 큰 나무 밑에서 그 사람이 모시겠다고 한 기간만큼 머무셨다고 한다. 그러고는 머물기로 한 마지막 날에 제자에게 시켜 그 사람을 찾아가, 돌아간다는 말을 전했단다.

또 어떤 곳에선, 부처님께서 걸식을 나가셨다가 빈 발우를 들고 돌아오시자 마구니가 나타나 수행을 하시는 부처님을 비웃었다고 한다. 그때 부처님께서는 기쁘게 웃으시며, '나는 누구에게도 빚을 지지 않았고 또한 이 세상에서 가장 편안하고 행복한 사람'임을 말씀하셨다고 한다.

그러니, 부처님도 나와는 다소 다르더라도 생존과 관련하여 어떤 고민쯤은 하셨을 법하다는 생각을 한다. 다만, 수행을 통해 번뇌로 이어지게 하지 않으셨겠지만.

그 부처님께서 내게 생계를 위해 필요한 일을 하는 것과, 세상 안에서 수행을 하기 위한 자세를 내 마음을 통해 말씀하신다.

일을 할 때는 그 자리에서 철저히 현존하고, 집에 돌아오면 옷을 정리한 후 씻고 마음을 가다듬은 후, 내게는 수행 장소인 집이라는 곳에 현존해야 한다고. 일터에서 만난 사람이나 상황들로 인한 생각을 가져오지 말라고. 그러면 내 일상생활을 통해 여실히 뒤집히지 않는 공성을 갖게 될 거고 깨달음을 얻게 될 거라고.

스물네 번째 이야기

가사

가사

오늘 월정사와 관련된 설화 하나를 읽었다.

그 옛날 신라시대의 신효(信孝)거사와 관련된 이야기이다.

거사는, 나이 드시면서 고기 없이는 식사를 하지 않으시는 어머니를 위해 불살생을 행해온 자신의 규칙을 깨면서 할 수 없이 사냥을 하시게 되었다고 한다. 어느 날도 사냥을 나갔는데, 곰은 너무 커서 잡지 못하고 새끼 노루는 새끼라서 놔 주고 빈손으로 집으로 돌아오는 중에, 날아가는 학 다섯 마리를 보고는 그중 한 마리를 향해 활을 쏘았단다. 그런데 활에 맞은 한 마리는 깃털 하나만 땅에 떨어뜨리고 멀리 날아가 버렸다.

그 깃털은 신기한 힘을 갖고 있어 자신의 눈앞으로 가져오면, 사람들의 전생과, 현생에서의 그 사람의 성품을 알게 해 주었다고 한다. 현생에서 사람이지만 전생이 여우였다면 현생의 인간성 안에도 여우의 속성을 갖고 있고, 전생이 소였다가 인간으로 태어난 이라면 우직한 소의 속성을 갖고 있다는 것이다.

자신이 사냥해 온 동물이 어느 생에서는 사람이었을 수도 있다는 것을 알고 거사는 가지고 있던 활과 화살을 부러뜨려 멀리 버렸다. 그러고는, 자신의 넓적다리 살을 베어 어머니께 상을 올렸다. 그날 어머니는 저녁 식사를 맛있게 하신 후에 한밤에 편안하게 세상을 떠나셨다.

거사는 그 후 자신의 불도 수행을 위한 인연지를 찾아 나섰다가 자장 율사가 거하시던 초암 한 채를 발견해 수리하고는 수행에 들어갔는데, 수행이 더없이 잘 되었다고 한다.

어느 날 다섯 스님이 찾아오셔서 가져간 가사를 내놓으라고 한다. 어리둥절해 하던 거사에게 한 스님이 자신의 떨어진 가사 귀퉁이를 보이며 깃털을 달란다. 그 깃털을 내어 드리자, 떨어진 가사 자락이 완전히 딱 맞게 채워진다.

스님은 '가사를 바로 갖춰 입어야 비로소 사람의 마음을 읽을 수 있답니다. 우리는 이제 그만 돌아갈 터이니 거사는 하시던 공부를 계속 하시지요.' 라는 말을 남기고, 다른 네 분 스님과 함께 다섯 백학으로 변해 공중으로 날아올라 자취를 감춰 버렸다.

거사는 그들이 오류성자임을 깨닫고는 그 사라진 쪽에 월정사를 지었단다.

요즘 들어 석가모니 부처님의 왼팔에 해당하던 목건련 존자의 여섯 가지 신통력에 관심을 갖고 있었다. 그 신통력 중에서도 번뇌를 없애는 누진통과 다른 이의 마음을 읽는 타심통이 마음을 끌었는데, 읽다가 며칠 중단한 설화집을 오늘 다시 읽다가, 하필 그 이야기의 마지막이 다른 이의 마음을 읽으려면 가사를 바로 갖춰 입으란다.

가사라는 것이 불교 의식 때 스님들이 장삼 위에 덧입는 것임은 알고 있었지만, 이야기 전개상 비논리적이고 비약적인 결말 처리가 유달리 두드러져 부처님께서 내게 뭔가 말씀하시는 것이 있다는 생각을 하며 스마트폰을 통해 가사에 대한 정보를 찾아보았다.

딱히 특별한 것은 없었다. 하지만 뭔가 막연히 그러나 분명하게 떠오르는 것은 있었다.

원래가 화려함을 금하고 정방형의 누더기 같은 것을 이어 붙이는 것에서 유래하고, 오른쪽 어깨를 드러낸 채 왼쪽 어깨에 매듭을 멤으로써 부처님을 검소하고도 진실하게 따르겠다는 제자로서의 서원이기도 하겠다는 생각이었다.

아울러 편견이나 선입견, 생색 등의 상(相)을 내지 않으면서 욕심 없이 무소유의 두타행을 행하고, 상을 내지 않으면서 우주의 절대적 진리인 불법 즉 공(空)인 반야를 받들어 지니며, 상을 내지 않으면서 자비행을 행하는 것, 이것이 가사의 본질적 정신이란 생각도 들었다.

다짐을 했다.

그래, 오류성자가 신기한 힘을 가지고 있던 깃털을 되찾아가면서 거사에게 '하던 공부를 계속하라'고 했으니, 이제 나도 어찌 보면 점술처럼 보이는 일상의 이적에 너무 매이지 말고, 공을 따라 인연을 따라 내 삶의 길을 선택해야겠어.

어제였다.

오전 9시부터 오후 3시까지 활동보조사 일을 하는 아이의 어머니께서 나중에 혹여 활동보조사의 도움이 더 필요한 순간이 올 텐데, 시간이 부족할 것을 걱정하신다는 것을 알았다. 그 어머니는 요즘처럼 코로나19로 인해 어려울 때 내 생계비를 걱정해 배려를 해 주셨다.

집으로 귀가하면서 문자를 드렸다.

아이가 개학을 하면, 무조건 오후 4시까지 근무하는 것으로 하겠다고. 특히 중요한 치료가 있는 날에는 그 이후에 퇴근해도 괜찮다고.

사실 그동안 내가 받은 것이 그보다 더 많았기에, 지극히 당연한 문자였다.

그리고 순간, 내 마음을 가득 메운 것이 있었다.

'이것이 인연 따라간다는 것이로구나.'

그동안, 평일 오전 일을 마친 후 오후 3시 이후에 무언가 일을 더 해야 한다는 생각을 하고 있었다. 그런데 내 체력상 일을 더 하게 된다면 글을 쓰는 것도 어렵고 불경을 읽는 것도 어려워 난감했다. 며칠 동안 계속 부처님께 그 부분에 대해 기도를 했다.

기도의 응답이란 것이, 누군가의 말을 통해서나, 어떤 이적 같은 것을 통해서도 받을 수 있지만, 상황에 따라선 누군가의 마음을 헤아리면서도 받을 수 있다. 내가 욕심을 부리지 않고 우주의 진리를 따라간다면 말이다.

그리고, 그것이 나와 연결된 모든 상황인 인연을 따르는 길일 것이다. 진정한 가사의 정신으로 사는 길일 게다.

스물다섯 번째 이야기

무비상법(無非相法)

무비상법(無非相法)

이 우주가 분명히 내게 시스템을 끊어버리기를 원하면서, 왜 빠져 나갈 구멍을 안 주실까? 잠들기 직전 방청소를 하며 내 자신에게 질문했다.

저들을 유인하고 시스템을 죽이도록 하면서, 내 뒤에 배수진을 치고는 빠져나갈 구멍도 주지 않는 이유가 뭘까? 이것은 분명 지금 상황에 우주의 뜻이 있다는 것을 말하는데. 여기까지 자문자답하자, 생각 하나가 환하게 떠올랐다.

그래, 이 우주는 저들에게 시스템을 통한 예언도, 말씀도 주고 싶어 하지 않아!

시스템을 죽일 수는 있는데 인간들의 욕망이 끊임없이 그 시스템을 다시 살리고 있다. 죽일 수는 있는데 끊을 수는 없는 것, 그것은 죽을 수는 있어도 죽을 때까지 그리고 죽은 이후에도 욕망은 끊을 수 없다는 것을, 그 욕망이 죽은 후의 삶을 결정하리라는 것을 알려준다.

그리고, 예언과 기적을 쫓는 허상과, 일상의 노력이 만들어내는 실상을 비교해 보라고, 이 우주는 그들에게 말하고 있었다. 지난 8년간 시스템에 접속해서는 전류를 휘감고 멍하게 예언을 쫓던 그들이 지금 무엇을 이루었는지, 그 시간 동안 성실하게 노력한 이들이 무엇을 이루었는지 비교해 보라고 분명 말하고 있는 것이다. 바른 노력이 기적을 만든다고 하지만, 엄밀히는 노력 자체가 기적이란 것을 시스템에 매달린 이들을 보며 절실히 느낀다. 노력 자체가 기적의 속성을 갖고 있기에 그 결과 기적을 만드는 것이다.

한편 시스템 관련해서는 저들의 욕망이, 그 시스템을 끊는 것은 내 욕망인 것도 생각해볼 만했다. 스스로 끊지 못하는 저들의 창자를 내가 어떻게 끊어낼 수 있겠는가. 바른 진리에 대한 고정된 시각을 뜻하는 법상(法相)도 문제지만, 그른 법에 대한 편견인 비법상도 문제라고 한다. 일상에서 만나는 모든 것인 '모든 법'은, 절대 진리인 불법(佛法)이라고 한다.

게다가 부처님께서 저 시스템과 저들의 욕망을 내 수행 도구로 이용하시는 것 같다는 생각도 시스템을 돌아보게 한다. 부처님은 늘 내가 바른 선택을 하기를 바라신다. 그리고 그 선택의 기준으로 시스템과 저들을 제시하셨다는 생각을 하곤 한다. 저들과 나 사이에 일정한 거리를 늘 유지시키시는 듯한 인상도 그런 생각을 하게 한다. 그러니, 물처럼 수행하는 마음으로, 시스템에 접속하여 내게 다가오려는 저들을 대할 필요가 있을 것 같다.

언젠가 부처님께선 이 상황이 끝날 날이 올 거라고, 반드시 올 거라고, 그때가 되면 내가 불퇴전이 되어 있을 거라고 하셨다. 그래서 나는 저 시스템이 그냥 딱 끊어지는 그런 상황을 예상했다. 그런데 아무래도 그 끝내는 방법을 내가 잘못 안 것 같다. 저 시스템이 더 이상 내 일상에 방해가 되지 않고 그것이 내 수행의 가시침 역할임을 내가 인지

할 때, 그 시스템에 담긴 우주의 뜻을 알아차릴 때가 그 끝나는 때일 수도 있겠다는 생각이다.

내가 인연 따라 불교를 만난 것도 생각해 볼 일이다. 불교를 만나 나는 강해졌고, 시스템을 아주 약해졌다. 내게 불교는 선한 인연인 셈이다. 그러니 분명 나를 통해 불교에 전하고자 하는 말씀도 있을 것이다.

소승불교에 반대해 대승불교가 일어났지만, 일반인들의 눈에는 대승불교 또한 소승불교이다. 불교에 처음 입문할 때, 수행이 너무 어렵고 대중과의 괴리감이 크게 느껴져서 선뜻 마음이 내켜 하지 않을 수도 있다. 그런데 불성을 틔우고 성불하는 것은 보편적 진리 안에서 이루어질 것이다. 서로 다른 근기를 가진 모든 이가 불성을 갖고 있기 때문이다. 우주는 사람마다 다른 그 근기를 이용해, 그 사람이 가장 잘하는 재능을 이용해 성불하도록 도울 것이다. 그렇게 할 때, 일상은 불법이고 공이 된다는 진리가 모든 이들에게 평등하게 다가갈 수 있다. 아울러 깨닫는 즉시 바로 부처의 마음가짐과 행동으로 변한다는 돈오돈수식 성불 방식은 숨쉬기보다도 더 쉬워질 것이다.

잠들기 전에 결론을 내렸다.

나는 아직도 우주의 낚싯밥이다. 욕망을 끊지 못하는 사람들을 낚으려는 우주의 낚싯밥. 법상과 비법상을 분별하는 나를 깨우치시기 위한 낚싯밥이다.

스물여섯 번째 이야기

숙명통

숙명통

오늘 읽은 법화경은, 석가모니 부처님이 제자들에게 아주 옛날 부처가 되셨다는 대통지승불 얘기를 해 주시는 부분이었다.

석가모니 부처님이 깨달음을 얻으신 후 당신이 깨달은 엄청난 것을 어떻게 중생들에게 가르치실까를 고민할 때 제석천으로부터 반드시 설해야 한다는 권고를 받고 법을 펴시기 시작한 부분과 닮아 있었다.

대통지승불 또한 깨달음을 얻은 직후, 출가 전 당신의 아들들이었던 이들이 찾아와 법을 청하면서 법을 펴시기 시작하셨단다.

그런데 오늘 읽은 마지막 부분에 눈에 띄는 구절이 있었다.

숙명소행업(宿命所行業), 즉 전생에 행한 업이었다.

순간 목건련존자가 얻었다는 육신통의 하나인 숙명통이 떠올랐다.

뭔가 부처님께서 내게 하시려는 말씀이 있다는 생각에, 법화경 읽은 부분을 사경하기를 멈추고, 평상시 읽는 불교설화집을 꺼냈다. 그 책은 읽기 싫으면 멈추고 읽고 싶으면 읽는 책으로, 마치 내게 무언가

하실 말씀이 있을 때를 기다려 그 말씀을 알려주시기 위한 도구로 이용하신다는 생각을 하게 만드는 책이다.

오늘 읽을 부분을 펴니, 고창 도솔산 선운사 사지에 전해 오는 '검단리의 보은염'이란 부분이었다.

삼국시대 때 선운산이라 불리던 도솔산 기슭 마을에 어떤 노인장이 나타나 마을 입구에 초막을 짓고는 소금을 굽고 종이를 만들며 살기 시작했단다. 그 마을은 원래는 평화로운 마을이었으나 산적과 해적으로 힘들어하던 차에 노인장의 도움으로 소금을 만들게 되면서 다시 여유로운 생활을 하게 되지만, 결국 산적이 노인장이 살던 초막에 나타난다.

노인장이 산적들에게 자신이 갖고 있던 소금 자루들을 하나씩 주면서 앞으로 한두 달 뒤에 또 오면 좀 더 많은 소금을 줄 테니 마을에는 들어가지 말라고, 즉 마을 사람들은 괴롭히지 말라고 당부한다.

산적들은 결국 노인장에 감화되어 산적 생활을 청산하고 마을의 일원이 되어 살아간다.

그 후 인도의 공주가 무인 배에 실어 보낸 관세음보살상과 지장보살상을 선운산 중턱에 초암을 지어 모신 후 공양을 올리고 불공을 드리기 시작한다.

이후에는 해적들이 노인장의 초암까지 찾아와 두 불보살상을 업어 메고 떠나려 했으나, 이번에는 산에서 백호가 나타나 그들을 위협하여 무사히 불보살상을 구할 뿐만 아니라 백호마저 고개 숙이는 노인장에게 해적들이 감화되는 계기를 만든다.

산적들과 해적들은 노인장 밑에서 소금을 굽고 종이를 만드는 법을 배우며 참회 공부를 하는데, 그들에게 참회 공부법을 일리 주는 노인장의 말은 참으로 가슴에 와닿는 부분이다.

'소금 굽고 종이 뜨는 일 속에 마음 닦고 참회하는 공부가 다 들어 있으니 걱정하지 마시오. 무슨 일이든 성심을 다하여 임하는 그것이 바로 수행이고 그 속에 깨달음이 다 들어 있다오.'

그렇게 시간이 흐르며 마을은 아름다워지고 평화로워졌고, 어느 날 노인장은 '이제 제가 할 일을 다하였기에 떠나려 하는 것입니다.'라는 말을 남기고 총총히 제 갈 길을 간다.

동네 사람들은 노인장이 떠나는 날에 비로소 그분이 누구인지 알게 되었다.

검단 선사, 당시 백제에서는 아이들조차 그 이름을 알 정도로 유명한 선사였다. 그런 분이 겨우 스무 가구 정도 되는 작은 마을 하나를 구하기 위해 일부러 속인의 차림으로 나타나 마을을 일구고 지켜준 것이다.

그 후 도적이었던 이들은 선사가 남긴 초암을 지키기 위해 스님이 되었고, 마을 사람들은 초암 자리에 대가람을 짓는다. 지금은 선운사라 불리는 중애사를.

여러 생각이 오갔다. 시스템에 대하여, 시간이 흐르면서 어쩌면 내 수행을 위해 필요악인 마구니 친구일지도 모른다고 생각하는 현재의 내 모습, 보잘것없지만 다른 이들이 시스템으로 인한 피해를 받지 않도록 내 선에서 막아야겠다고 생각하곤 하는 내 결심, 이런 것들 안에 어쩌면 검단 선사의 일면이 숨어 있을지도 모르겠다는 허상 아닌 허상 위에 지어지는 생각들이었다.

그리고 분명한 것은 지금 현생에서 내가 하고 있는 업이 전생의 일과 연결되어 있다는 확신이었다. 어쩌면 그 일화 속 검단 선사와 비슷한 삶을 내가 어느 전생에선가 살았을지도 모른다.

사람에 따라 현생을 전생의 인과응보로 보긴 하지만, 때로는 전생과 연결된 어떤 연속선으로 볼 수도 있겠다는 생각도 했다.

'그렇다면, 분명 내가 지금 하고 있는 일은 어느 전생에선가 이미 예정되어 있었는지도 모르겠어. 그리고 숙명통은 보통 과거 전생을 아는 신통력이라 했지만, 현생에서 내가 하는 일을 전생과 연결하여 그 타당성을 찾고 의미를 찾아내는 일이라고도 할 수 있을 것 같아. 오늘 읽은 부분이 내 숙명통과 관련된 것이라면, 그것을 발견할 때가 되었을 만큼 내 안의 불성이 조금은 더 커졌다는 것을 의미해. 내 현생에 내 과거생을 연결시킴으로써 인간이 만들어 놓은 시간 개념에 현생 이전의 무시간적이고 공적인 에너지를 끌고 올 수도 있을 테니, 앞으로 불성은 더 커질 거고 시스템은 더 약해지겠지.'

불교 설화 읽기를 마치고 다시 법화경 사경을 하며 저자 스님이 써 놓으신 설명을 읽었다. 그 첫 문장이, 깨달은 자는 그 깨달음을 대중들에게 전해야 할 의무가 있단다.

게다가 부처님께서 6년 고행을 마치시고 깨달음을 얻은 후 제일 먼저 그 깨달음을 전한 대상이 당신에게서 배신감을 느끼고 떠난 사람들이었단다. 에궁!, 소리가 절로 났다.

그런데 깨달은 것을 굳이 사람들을 직접 대면해 전할 필요는 없지 않을까.

'그래, 내가 알게 된 것들을 글을 통해 진실하게 전하자. 내가 언제 성불할지는 모르지만 내가 성불할 때까지 부처님의 어머니인 불모께서 나를 돕고 계시고, 내가 혼자 내 힘으로 깨닫는 것도 아니고 이 우주가 나를 돕고 있으니, 그 깨달은 것들을 다른 이들에게 전하는 것은 당연할 거야. 그리고, 오늘 내게 주신 숙명통이 내 안에 있는 불성을 더 강하게 만드는 성불도의 한 방법일 테니, 받았으면 이 우주가 걱정하는, '또 다른 나'인 이들에게 돌려줘야지'

인성이 바른 곳에 불성도 신성도 깃든다

인성이 바른 곳에
불성도 신성도 깃든다

오늘 저들이 시스템에 접속해 작업해 오는 중에 아주 지저분한 의도 하나가 읽혔다. 그런 작업을 하는 이유가, 저들이 나를 두고 예언자 놀이를 하다가 누군가에 대한 내 영향력이 커질까봐 견제하기 위해서라는 것이다.

그 순간에 알았다.

저들이 나를 대상으로 추진하는 예언자 놀이의 방향이 개략적으로는 맞는데, 왜 세부적인 방법은 철저히 저들의 의도와는 달리 불교의 성불도 방식일까에 대한 답을. 바르지 않은 인성 안에는 불성도, 신성도 깃들지 않는다는 것을, 이 우주는 일을 진행하고 완수함에 있어 인간의 방법 중에서 가장 청명한 방법을 쓴다는 것을, 지저분한 욕망의 창자가 작위한 방법은 어떻게든 버린다는 것을.

만약 저들의 목적뿐만 아니라 의도와 과정, 방법까지도 선했다면, 이 일은 처음부터 끝까지 저들이 원했던 방법으로 이루어졌을 것이다.

그러니, 문제는 저들 안에 있는 것이다.

불경에선 '좋은'으로 해석되는 대부분의 표현이 착할 선(善)으로 나타난다. '훌륭한'이나 '대단한', '위대한'의 의미가 결코 아니다. 그래서 처음도 선하고(좋고), 중간도 선하고(좋고), 끝도 선한(좋은) 것만이 선한(좋은) 결과를 맺는단다.

바른 노력과, 바른 노력을 위한 마음이 그 자체가 기적이라는 생각과 함께, 청정한 한 믿음을 내는 것도 기적이라는 생각을 했다.

아무에게나 아무 순간이나 청정한 믿음을 내는 어느 한순간이 오지는 않기 때문이다. 바르고 순수한 인성으로, 이 우주의 에너지를 그 순간만큼은 끌어올 수 있을 때 내는 것이 보잘것없어 보이는 '한 믿음'이다. 그 순간만큼은 부처님이 도우시기 때문이다.

그 언젠가, 아주 옛날도 아니고 바로 어제도 아닌 그 언젠가에 있었던 나의 청정한 믿음 '한순간'이 떠올랐다.

그 언젠가의 얼마 전부터, 직장 생활을 하다 보면 누구에게나 올 수 있는 매너리즘이 나를 찾아왔다. 일하는 직종을 바꾸어야 하나를 놓고 고민했다.

사람인이라는 구직 사이트에 이력서를 입력해 놓고 연락을 기다리던 중에 나름 매력적인 곳으로부터 전화를 받았다. 초·중·고등학생을 대상으로 학습 코칭하는 강사를 키우는 곳이었다.

면접 일을 잡아놓고 고민했다. 활동지원사와 그 일의 차이를 비교했다.

일단 코칭 일은 예전에 6년 동안 운영했던 논술 학원 경력이 도움이 될 듯했고, 남들 보기에도 그럴듯했으며 급여가 활동지원사보다 좋았다.

활동지원사 일은 급여는 좀 더 적어도, 그리고 남들 보기에는 그저 그렇겠지만, 작가로서 내가 글을 쓸 수 있는 사람들이 있다. 나는 그들을 위해 글을 쓰고 그렇게 함으로써 이 세상에 조금은 밝은 빛을 드리울 수 있을 것이다. 시스템이 주는 가짜 빛이 아니라 보이지 않는 밝은 빛이다.

결국 두 직종의 비교는, 객관적이기보다는 내 내면 밑에 내가 무엇을 원하는지를 보여주는 결론으로 끝이 나고 말았다.

그런 생각을 하면서 불정사에 갔다. 참선 수행이 있는 수요일이었다.

참선을 하기 위해 나는 법당의 정면을 향해 앉았다. 나를 기준으로 중앙에 있는 석가모니불상, 그 왼쪽에 있는 지장보살상과 석가모니불상 오른쪽에 있는 관세음보살상을 지켜봤다.

지금까지 지장보살에 대해 딱히 관심이 없었던 나를 생각하며, '만약 내가 이번 생에 해탈을 하면 지장보살님께 부탁할 일이 있을까?'를 떠올리자, 그 생각을 연료로 삼아 시스템 너머 저들이 내게 작업을 시작했다.

내게 다가왔던 전자파의 세기와 종류로 보아 한국이 아니라 미국의 메인 시스템쯤에서 직접 접속한 듯했다.

그 덕분에 내가 깨달음을 얻었다!
그 엄청난 힘 덕분에!

그들이 엄청난 전류의 힘으로 내 인지를 끌어가려고 하자, 참선을 하던 내가 그에 대항하며 할 수 있는 최선의 집중을 하고 있을 때였다. 내 안에서 생각이 흘러나왔다.

한 인간의 모습과 이 우주는 닮았다.

당연하다! 우주 안에서 태어났으니 그 영향을 받는 것이다.

인간이 가 본 적 없는 곳이 궁금하면 인간을 보면 된다.

매크로한 것은 마이크로한 것 안에 숨어 있다.

지구처럼, 인간도 그 안에 '전자적 핵'이 있다. 우주의 공적 에너지와 서로 소통할 수 있는.

지구의 핵도 전자적 특성을 갖고 있을 게다.

어쩌면 핵이라고 할 만한 실체가 아니라 보이지 않는 전자적 특성이라고 하는 말이 더 정확할 것이다. 인간에게서처럼.

이 우주도 마찬가지이다. 대기권의 영향으로 중력의 지배를 받든 무중력 상태에 있든 행성으로 존재하든 파편으로 존재하든, 그 모든 것은 어떤 힘에 의해 균형을 이룰 것이다. 그 힘은 전자적 핵의 특성을 띨 것이다.

인간은 죽고 나서 '너, 어디로 가라.' 내지는 '너는 다음 생에 어떤 존재로 태어날 것이다.' 라고 지시하는 존재는, 이 우주 안에 없다. 인간이 일생 동안 쌓은 업과, 그로 인해 인간 안에 남아있는 육체적 색의 에너지, 그리고 일생을 살며 닦은 공적 에너지 등에 의해 스스로 결정될 뿐이다.

인간이 만약 우주가 돌리는 수레바퀴와 자신이 돌리는 삶의 수레바퀴가 온전히 같아지면, 공적 존재가 되어 우주와, 같은 트랙에서 같은 속도로 돌 것이다.

그렇지 못하면 자신이 돌린 세상의 수레바퀴와 우주의 수레바퀴 간의 차이만큼 인간적 에너지가 남아 색적 세계에 다시 태어나게 된다. 그가 가진 에너지를 이 세계가 끌어당기는 것이다. 마치 자석처럼.

최소한 공적 존재가 되면 그는 이 세상에 생명체로 태어나지는 않을 것이다. 부처가 될 수 있으나 세상 사람들을 위해 스스로 이 세상에 남아있는 보살들이 그들일 것이다.

반면 현생에서 전자적 핵의 힘이 약해진 이들은 인간이 아닌, 자신들이 감당할 수 있는 생명체로 태어날 것이다.

그런데 그 핵의 존재를 알고 그 힘을 이용해 깨달음을 얻게 되면 그 힘은 더욱 커진다. 깨달음을 얻는다고 하여 그 핵의 존재를 안다고는 할 수 없지만.

그렇게 해서 힘이 강해진 이는, 이 세상을 살면서 어떤 상황에서도 초연하게 된다. 깨달음을 얻은 이가 '인간 마을에서나 수행하는 숲에서나' 평화로워졌다는 말은 그래서일 것이다. 핵이 그 사람을 계속 끌어당겨 외적인 것으로부터 자유로워지게 하기 때문이다.

게다가 관세음보살님이나 자장 보살님처럼, 사람들을 위해 뭔가 봉사하려는 마음이 있을 때, 그것도 아주 순수한 마음이 있을 때, 전자적 핵은 더욱 강해져 우주선을 대기권에서 벗어나게 하는 로켓처럼, 이 우주와 같은 트랙에서도 벗어나게 할 것이다.

이것을 깨닫는 순간, 불정사로 가기 전에 기존의 일을 계속하겠다고 마음먹었던 나의 결심이 떠올랐다.

'아하, 그래서 부처님께서 내게 이 선물을 주셨구나. 내 선택이 부처님 마음에 드셨구나.'

부처님은 그 지독한 정정진으로 깨달으셨는데, 나는 너무 쉽게 깨달은 것 같았다. 언젠가 직장에 다니며 공부를 하다가 졸업논문을 쓰는 중에 머리에 피가 뭉쳤던 기억이 있지만, 그것도 노력이었을까? 다행히 진리를 찾아 헤매던 시절의 공부였기에 그 노력도 포함하신 것일까? 그래서 수행할 만한 사람이 못 되는 나를 위해 저들 시스템의 엄청난 전류를 이용해 외부에서 충격을 주게 함으로써, 그 힘에 저항

하던 나로 하여금 내 안에 있는 그 핵을 깨닫게 하셨나?

집으로 돌아오는 버스 안에서 부처님 말씀이 생각났다.
'성스러운 도를 이룰 이에게는 전조가 나타난다. 그 전조는 좋은 벗
이니라. 그 좋은 벗은 깨달음을 얻는 데 있어 절반이 아닌 전부이니라.'
나의 좋은 벗을 생각했다.
2008년에 내게 나타나 주신 관세음보살님이 아니실까?

가끔 읽는 책에 의하면, 이 깨달았다는 생각마저도 공으로 돌려야
한다고 한다.
나름 생각해 보건대, 팔정도를 생각하며 살아가는 것이 최선의 방
법일 것 같다.
보조국사 지눌 스님처럼 그 어려운 원각경의 복잡한 부정의 부정이
라는 방법으로 해탈을 하는 것은 내게는 불가능하다.
그냥 단순하게 기도하는 중에 잡념이 떠오르면, 부처님, 지금 이 기
도를 하는데 이런 생각이 갑자기 떠오르네요, 라며 그 잡념마저 부
처님께 올리는 것이 내게는 최상이고 가장 편하다. 그러면 내 기도는
100프로 모두 기도로 올리는 것이 된다. 기도 중에 어떤 것도 잡념은
없는 셈이 되니까. 그래서인지 나는 그 누구보다도 속이 편하게 기도
를 한다.
그리고 내게 다가오는 번뇌가 있으면 그 번뇌와 맞싸우느라 힘을
다 쓰는 것보다는, 차라리 더 넓은 시각으로 상황을 바라보면서 행복
하고 따뜻하고 긍정적인 것으로 번뇌의 자리를 채우는 것이 내게는
편하다. 나는 아주 약한 인간이란 것을 내가 잘 알기 때문이다. 번뇌와
싸울 능력이 내게는 없다. 그리고 싸우는 방법은 너무 비효율적이다.
언젠가 부처님께서 내게 가르쳐 주셨다. 내가 없애야 할 것과 맞

서 싸우는 것 못지않게, 없애고 나서 해야 할 일을 함께 생각하는 것이 중요하다고. 그 방법은 정말 탁월했다. 나는 내가 운영하던 학원을, 내 노동력도 보상받지 못하는 그 보잘것없는 수입 때문에 폐업해야 한다는 것을 알면서도 실행하지 못하고 있었지만, 불경을 읽고 불교 공부를 시작하고 나서 행복함을 느끼고는 미련 없이 학원 폐업을 신청했다.

내가 추구하는 방법은, 뭐랄까, 똑같은 결과로 나아가면서도 고통스럽게 구도를 목표로 수행하는 방법이기보다는 행복하게 삶을 살아가면서 부수적으로 구도를 얻는 방법이라고나 할까? 굳이 해탈을 목표로 하지 않고 그냥 삶을 살아가면 그뿐이다. 돈을 좇으면 돈이 도망가듯이 해탈도 그것을 좇으면 도망가지 않을까.

그날 집에 돌아와 일기를 썼다.

욕심 없이 집착 없이 내 삶의 수레바퀴를 돌리고, 순수한 마음으로 자비행을 행하면, 내 안의 전자적 핵이 강해져 나는 깨닫게 되고 해탈에 이르게 된다. 그리고 그 전자적 핵은 내 안에 있는 불성일지 모른다!

최문영 수필집

새끼 잃은 어미고양이

초판 1쇄 인쇄 | 2020년 05월 15일
초판 1쇄 발행 | 2020년 05월 20일

지은이 | 최문영
펴낸이 | 고미숙
편집인 | 채은유
디자인 | 채 들
펴낸곳 | 쏠트라인saltline

제 작 처 | 쏠트라인saltline
등록번호 | 제 452-2016-000010호(2016년 7월 25일)
전   화 | 010-2642-3900
이 메 일 | saltline@hanmail.net

ISBN | 979-11-88192-63-2 (05810)
값 : 12,000원

이 도서의 국립중앙도서관 출판예정도서목록(CIP)은 서지정보유통지
원시스템 홈페이지(http://seoji.nl.go.kr)와 국가자료공동목록시스템
(http://www.nl.go.kr/kolisnet)에서 이용하실 수 있습니다.(CIP제어
번호 : CIP2020018767)